カルチャー図解

Culture

Haiku

俳句 人生でいちばんいい句が詠める本

監修◉愛媛大学俳句学講師・元ＮＨＫアナウンサー　八木健

主婦と生活社

◎本文中の俳句作品は〈　〉で表示しています。

◎俳句の作者名は、基本的に一般に知られている俳号で、姓と名の両方を表記しています。

◎本書中の添削例句は、愛媛大学「俳句学」と愛媛医療専門大学校「人間と文学」の受講生の皆様からご提供いただきました。

もくじ

俳句 人生でいちばんいい句が詠める本

第一章 はじめの一歩

第二章 まずは一句 俳句を作ろう

やぎけん流★

ポイント三つで、今日からあなたも俳句名人！

俳句ぐんぐん上達術

俳句は誰でもかんたんに作れるんですよ――にこやかにそう語る八木先生が、かんたん俳句作りのコツを伝授。この三カ条を押さえて俳句を詠めば、ほら、あっという間に皆さんもキャリア三〇年の俳人レベルに！

かんたん俳句三カ条

一 「天・地・人」で詠む

俳句を作るには、まずは大きな風景の中に「何か」を発見しましょう。次に、大きな風景の中の小さな風景に視線を移していきます。ズームインの手法です。大きな風景は「天」、中ぐらいの風景は「地」、小さな風景は「人」にたとえれば、わかりやすいでしょう。

春昼の子豚十四同じ顔

天の「春昼」から地の「豚小屋」、人の「子豚の顔」にズームインしています。この逆で、ズームアウトしていく方法もあります。

天・地・人にカメラをズームイン！

俳句を作る秘訣1、それは「カメラの目」をもつことです。大自然の中に立って自分自身がカメラのレンズになってみるのです。

ここからは、あなたの目で見ているつもりで想像してみてください。まず、空を見てみましょう。雲の形はおもしろいですよね。夏は入道雲が上に向かって膨らんでゆきます。その雲の先端部分にレンズをズームインしてみましょう。なんとなくパンの形に似ています。

二 「つぶやき」で詠む

誰でも独り言を言います。その独り言を書いてみましょう。

かき氷どの部分から崩さうか

春いちばんきつとさうだと思つたの

なぜ空は青いのだらう籐寝椅子

どれも俳句になっていますよね。少しだけ俳句らしくするために、旧仮名づかいにしたり、特別な季語を使ってもいいでしょう。でも、基本的には「つぶやき」をそのまま書けば、それは立派な俳句なのです。

三 「即興であいさつ」で詠む

皆さんも誰かと道で出会ったら、最初に季節の変化とそれにまつわる話題を口にするでしょう。俳句はそういう「あいさつ」の言葉なのです。たとえば、ある食堂の壁に「初鰹」の大きな文字。あなたはこの日会う知人に、「もう初鰹のメニューがあったよ」と話すことでしょう。そこで、

食堂に大書されをり初かつを

こんな句ができました。どうですか、とっても簡単でしょ？

空き腹やパンのかたちの雲の峰

という句になりました。

さて、秋はなんといっても「いわし雲」です。いわし雲は同じ間隔で整然と並んでいますが、どこかに変化は……ありました。一部分、二〜三匹のいわしが群をはずれています。そこにズームインしましょう。

二三匹群よりはづれいわし雲

時刻は夜になりました。夜の秋空といえば天の川です。天の川は銀漢《ぎんかん》とも呼びます。今度は左から右へ視線を移動させてみます。カメラの動きでは「パン」という手法です。天の川は英語でミルキーウエイと呼ぶように、乳白色の道のようにも見えますが、星の「またたき」は天の川を生き物のように見せます。レンズをパンして天の川の先端まで移動させましょう。闇の中に生き物の尻尾が溶け込んで見えませんか？

銀漢や真闇の海に尾を浸し

という句になりました。

■ ズームインの構図 ■

白南風《しらはえ》や漁網つくろふ太き指　八木 健

天　地　人

白南風
漁網
指

天▼地▼人
〈大▼小へ〉

句の解釈

白南風は梅雨が明けてからの風のこと。乾いて心地よい風で、大きな「天」の景色です。「地」は漁港に連なる岸壁の風景。網を繕っているのは、すでに漁師を引退した親爺で、漁は息子夫婦に任せているのです。そして「人」。魚網を繕う太い指が漁師人生を物語ります。このように、「白南風」という大きな季語から魚網を繕う指にズームインしたのです。

■ ズームアウトの構図 ■

クレーン伸びる秋天《しゅうてん》の途中まで　八木 健

人　天

クレーン
秋天

人▼地▼天
〈小▼大へ〉

句の解釈

クレーンがどんどん伸びていく様子を写生した句です。しかしクレーンは伸びきって、もうこれ以上伸びない。そこで視野を広げてみました。ズームアウトしたのです。ところがクレーンがするする伸びたにもかかわらず、それは、広大な秋の空の底の部分でしかなかった……。ということで、ズームアウトして秋の空の大きさを描いたものです。

考えない、感じたままのつぶやきが俳句になる

俳句を作る秘訣2、それは感じたことを正直に書くこと。考えてはダメ。感覚で受け止めたことを素直に書くことです。それには「つぶやいて」みることです。思いが「つぶやき」になった句には、そのときの自分が鮮明に記録されているのです。

土の雛《ひな》美男美女とは言ひ難き

これは、知人が大切にしているお雛さまを見せてもらったときのつぶやきです。

あめずきのあぢさゐだからゆれてゐる

紫陽花《あじさい》は雨を好む花です。この句は「雨好き」の「あぢさゐ」になった気分でつぶやいてみました。

多くの場合、対象への語りかけもつぶやきになります。また、つぶやくのではなく、明瞭に声を出してもいいでしょう。

此処《ここ》は何処《どこ》何時《いつ》から此処《ここ》に昼寝覚《ひるねざめ》

艶っぽい関係についても、同様に

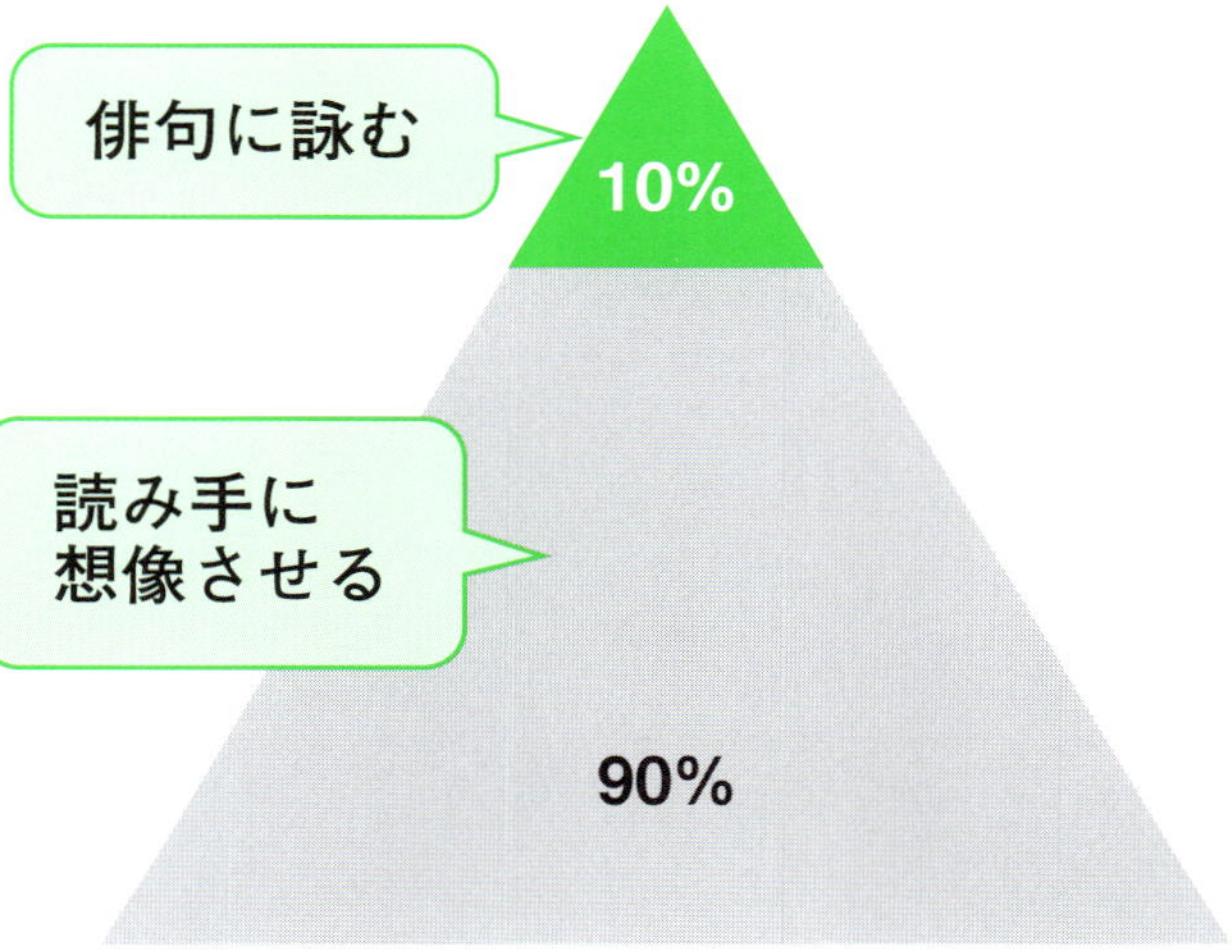

詠みたいことの10%を17音で表現する

俳句は17音字ですから、あれもこれもは書けません。一部分だけ書いて読者に想像してもらう文芸なのです。たとえばコンサートの風景を描くとします。アンコールの拍手が鳴り止まず、ピアニストが薔薇の花束を抱き受けて、その薔薇をピアノの上に置いてアンコールの一曲を引き始める。その瞬間だけを詠んで、大部分は想像してもらうのです。

〈ピアニストピアノの上に薔薇を置く〉

感じたことをつぶやいてみると……。

追へば逃げる男も女も逃水《にげみず》も

思ったことをつぶやいて句にしていますから、場合によっては不都合な事態を招きかねません。しかし、そこは文学の世界ですからお許しいただきましょう。

即興あいさつで季節の喜びを詠もう

俳句を作る秘訣3、それは地球上の万物との出会いを喜ぶことです。人間はオギャーと生まれて百歳まで生きたとしても、三万六五〇〇日しかありません。この限られた歳月でも、俳句を作ると、四季の移り変わりの中に生きていることを実感できるようになります。

みなみらんぼうさんに石鎚山でお会いしました。そのとき進呈した句のひとつです。

うぐひすの美声すこしくらんぼうに

皆さんは蝶々を何種類ご存知ですか。せいぜい数種類でしょう。日本には在来種だけで、二五〇種類もあります。スミレは六〇種類もあります。せめて三種類か四種類でいいから、野山で見つけて「可愛いなあ」と俳句にしてみたいものです。

古来、日本人は月や桜を俳句に詠んできましたから、「月」に関する季語も五〇ぐらいはあります。また桜のことを俳句では「花」と呼びます。花の季語も五〇や六〇はあるのです。俳句を作ると、こんなことも、いつの間にか覚えてしまうものなのです。

Profile

八木《やぎ》 健《けん》

1940年、静岡県生まれ。愛媛県在住。NHKアナウンサーとして39年間勤務。「BS俳句王国」の司会を10年にわたって務める中で俳句を始め、退職後は俳人として活躍。2008年8月、滑稽句を集めた『平成の滑稽』の出版と同時に滑稽俳句協会を設立。句集『鯉の耳』『ふふふ』(本阿弥書店)、『八木健の皆さん、俳句ですよ』(星雲社)など著書多数。

俳句日和 インタビュー

俳句日本一
山本 賜
（やまもと・たまい）

心に元気を与えてくれる俳句は私の「妙薬」です

平成18年度NHK全国俳句大会の大賞、さらに同じ年の文部科学大臣賞（俳句部門）を受賞し、俳句日本一の栄誉に輝いた山本賜さん。「俳句は人生の妙薬」と語る山本さんに、俳句との出会いや俳句作りの意外な効用などについて伺いました。

波を見ながら呟いた言葉が思わず俳句になった

——山本さんが俳句を始めたきっかけはなんでしょうか？

四十八歳のとき、はじめて作った俳句をＮＨＫ俳壇に投句して添削していただいたのがきっかけでした。同じ頃、週刊誌の俳句欄に〈初黄蝶七六ホーン渋谷駅〉の句が掲載されて、私の俳句人生が始まりました。その後、ＮＨＫ俳壇に投句した〈秋颪や砂場にひとつ砂の山〉が、思いがけなく鈴木真砂女先生に特選に選んでいただいたことも大きかったですね。「私、この句まっさきにいただきました」という真砂女先生のお声を、いまでも覚えています。

平成一八年度ＮＨＫ全国俳句大会大賞受賞句

もう泳ぐことはない波を見てゐる　山本 賜

――〈もう泳ぐことはない波を見てゐる〉で俳句日本一に輝きました。この句に込めた想いとは？

子どもたちと波で遊んだ、あの輝かしい時代は、もう思い出になってしまったな……。この句は、波を見ながら思わずつぶやいた、そんな言葉が俳句になったんです。賞をいただいたときはうれしさの一方で、大変なことになったと。これからはいい加減な句は作れないなと思いましたね（笑）。

俳句のことを考えると不思議と元気が湧いてくる

――俳句を始めてから、生活や気持ちに変化はありましたか？

俳句をやるようになって、人様の話をきちんと聞く習慣がついたことでしょうか。でもこれは、俳句の効果というよりは、私の師である八木健先生のお人柄に接して、自然と身についたものかもしれません。それと句を作るときには、不確かな漢字や季語などは必ず辞書や歳時記で確かめるようにしていますが、おかげでいろいろな知識が増えたと思います。

――それでは、いまの山本さんにとって、俳句とはどんな存在ですか？

落ち込んでいるとき、済んでしまったことをくよくよ考えているとき、俳句のことを考えると不思議と元気が湧いてくるのです。

たとえば、八木先生の〈蜂の巣に近づいてゐる宇宙服〉という句。川《かわ》端茅舎《ばたぼうしゃ》の〈暖かや飴の中から桃太郎〉。こんな句を思い出すと、何かうれしくなって、私も俳句を作ろうと元気になってくる。そういう意味で、俳句は私にとってなくてはならないもの、元気が出る「妙薬」なのです。

文部科学大臣賞もダブル受賞の栄冠に

山本さんの作品〈もう泳ぐことはない波を見てゐる〉は、平成18年度NHK全国俳句大会の題詠「波」で大会大賞、さらに同年3月25日には文部科学大臣賞（俳句部門）を受賞。山本さんはまさに俳句日本一の栄冠に輝きました。これ以前にも、〈子が母に打つ天爪粉立ちのぼる〉が平成7年度NHK学園全国俳句大会特選（金子兜太選）に選ばれ、平成13年には〈太陽が月が立ち寄る蜜柑山〉で第1回みかんの国俳句大賞（鷹羽狩行選）など数々の賞を受賞。その詩才は高く評価されています。

山本さんと八木先生の出会いは平成13年。「みかんの国俳句大賞」で司会担当の八木先生と滑稽俳句を知り、以降、八木先生を師と仰ぐようになった。八木先生もまた山本さんの発想のおもしろさに刺激を受けると語る。

── 師匠と弟子の俳句交流談義 ──

俳句とは詩心あふれる精神史

山本　私が八木先生に教えていただいたのは、俳句は自分の心の動き、自分の精神史であるということ。そして、人間の哀しみがおかしみの中に透けて見えるということです。

八木　そう。俳句は嘘のない自分の精神史です。山本さんの「もう泳ぐことはない……」の句は、偽りのない精神史であると同時に、そこに〝詩〟があるのです。定型からはずれた句ではありますが、形はどうでもいい。だからこそ選者が評価したのだし、それが結果として二つの賞の受賞となったんですね。

山本　若い選者の先生方が評価してくださったことも、うれしいことでした。

八木　ところで山本さんは、俳句にはどんな効能があると思いますか？

山本　そうですね、たとえば人に俳句を勧めるときには、「俳句を作ろうと何か考える時間をもつということは、健康にとてもよいのです」と言うことにしています。

八木　それは「知的健康」ですね。一日というのは何もしなければ、ぼうっと終わってしまうものです。しかし俳句を作ろうとすると、物事を考える。さらに、何かを発見しようとするエネルギーが生まれるんです。

山本　しかもそれが自然に生まれてくるのですね。雲を見ても、あの雲がこれからどう変わっていくのかなって、じっと観察したり。何にでも興味が湧いてきます。

八木　そこで、あえて科学の目で見ないことが大切。感じたままを書く。そういう意味で、山本さんは俳句に向いてるんですよ（笑）。

山本　そうなんですか？　たしかに私、科学は弱いですから（笑）。

八木先生が講師を担当するNHK文化センター横浜ランドマーク教室の俳句講座の皆さん。

序章

誰も知らなかった
俳句に秘められた力

たった一七音字の中に、人生や思い、記憶など
無限に込められるのが俳句の魅力。
そして、俳句は心のアルバムでもあるのです。
こんな高性能な俳句の力を味わわないのはもったいない。
俳句作りのモチベーションがぐんぐん高まる、
やぎけん流俳句のススメをご紹介します。

やぎけん流★

俳句カメラは超高性能

俳句は言葉のスナップ写真

皆さんは俳句の優れた性能についてご存じですか？　心が豊かになる……くらいは思いつくでしょうが、俳句には写真以上の記録性があるのです。俳句を詠むことは、写真に写せない、心のアルバムを作ることです。

赤い椿白い椿と落ちにけり　河東《かわひがし》碧梧桐《へきごどう》

句の解釈

碧梧桐が庭の椿を眺めています。赤い椿がひとつ散りました。隣に白椿の木があって、ほんの短い間隔を置いて白い椿もぽとりと散ったのです。するとまた赤い椿がぽとり。まだ楽しめる花が散っている、その姿を残酷だと感じて、碧梧桐はその風景を言葉で記録したのです。

何かを記録することも俳句の優れた特性

私たちは何か特別な風景に出会ったとき、カメラを取り出して記録します。記録しておきたいという本能があるからです。

〈赤い椿白い椿と落ちにけり〉は、記録したい特別な風景だったのです。この句を写真で表現するなら二枚の組み写真になりますが、俳句では一句に収めることができます。

私がヴェネチアに旅行したときのことです。ヴェネチアは運河が縦横に走る水の都です。道は狭いです。体格のよい中年の女性が毛皮のコートを着てやって来ました。私は弾き飛ばされ運河に落ちる危険があったので、思わず道を譲りました。

そのときに作った句が、〈ヴェネチアの毛皮の女《ひと》に道ゆずる〉という句です。季語は「毛皮」です。この瞬間は小柄な日本人と大柄なイタリア人女性の対決ですから、写真に撮っておけばおもしろいですが、そんな余裕はありません。俳句だから記録できました。しかも、この句には、思わず道を譲ってしまった日本人男性の悔しさが滲んでいるのです。

一月の末のことで、身を切るよう

子が食べて母が見てゐるかき氷　森《もり》　澄雄《すみお》

句の解釈

登場人物は、子どもとその母親です。そして句には書かれていませんが、母と子を見ている作者がいます。ごく平凡な家庭のありふれた風景です。しかし、その子は母の愛を一身に集めていることもわかります。脇目もふらずにかき氷を食べる子がいます。やさしさにあふれた風景です。

な冷たい風が吹いていました。悔しさや寒さ。このようなことは写真では記録できませんね。

心の様子や、音、色、匂い、動きも写し取れる

特別な風景でもない、日常のありふれた風景も言葉のスナップ写真の対象となります。カメラでは撮影しないような何の変哲もない風景ですが、俳句カメラなら心のやさしさ、喜びなどを写すことができるのです。

私の句に〈ほどかるるバレンタインのチョコの紐〉があります。バレンタインデーに贈られたチョコレートの箱の紐をほどくとき、胸が高鳴りますね。こんな風景をカメラに収める人はいないでしょうが、俳句カメラに収めておけば、そのときのドキドキ心が正確に記録されるのです。

同じように、「音・色・匂い・動き」も俳句カメラは写し取ります。〈ケにアクセント鶯のホーホケキョ〉〈笹鳴《なき》の影は♪《おんぷ》のやうにかな〉〈蚊の羽音ぐらゐ気になるものはない〉〈歓声もぶつかり神輿の鉢合はせ〉など、いずれも音を主体に俳句カメラで撮影したものです。

一句にいろいろ含めた句を作ってみました。〈金木犀《きんもくせい》ゆらして猫の戻りけり〉。金木犀の色と香り、そして猫が金木犀を揺らす動きなどが記録されました。音は言葉にしていませんが、「ニャア」になりますか。俳句は超高性能カメラなのです。

やぎけん流★

自分の正直な気持ちや感動を残す

「ああ」と「ふふふ」を表現する

日々の暮らしの中で、私たちはたくさんの感動に出会います。俳句には、感動を覚えた風景だけでなく、そのときの心の動きまで残すことができます。心の動きは「ああ」と「ふふふ」だと覚えましょう。

ひっぱれる糸まっすぐや甲虫《かぶとむし》　高野素十《たかのすじゅう》

句の解釈

カブトムシに逃げられないように、角に木綿糸を結びつけ、一方の端は大黒柱に結びつけています。カブトムシは強い力で糸を引っ張り、糸はピンと張っています。すごい力だなあと思った気持ちを詠んだ句です。「まっすぐや」として、糸がピンと張りつめていることに「ああ」と強い印象をもったことがわかります。

「ああ」という感動が鮮やかに甦るのが俳句

私たちは毎日、何かに出会いますが、それぞれの瞬間に「何」を思ったのか、また感じたのか、記録しておかなければ忘却の彼方に消えてしまいます。人間というのは忘れっぽいのです。

ところが俳句にしておけば、何年後でも、そのときの風景や思いが鮮やかに甦るのです。お孫さんぐらいまでは、祖父母のことを覚えていますが、曾孫ぐらいになると、写真を見せられても、どんな人だったのか見当もつきません。ところがその人の作った俳句を見れば、どんな人物だったのかわかります。

子どもの頃、ツバメの観察をしたことがあります。餌をねだる子ツバメの口が大きいことに驚きました。そのときのことを思い出して、〈燕の子最大限に口ひらく〉と作りました。親ツバメは子ツバメの口に餌をねじ込みます。その風景を〈子の口に嘴《くちばし》を入れ親燕〉と句にしました。口を開ききる子ツバメの生命力。根気よく餌を運んできては、子の口に餌を入れる親ツバメの懸命な姿にも感動しました。これが、「ああ」と

かたくりは耳のうしろを見せる花　川崎展宏《かわさきてんこう》

句の解釈

「かたくり」は陽の差す落葉広葉樹林の間に生育するユリ科の草で、花は薄紫色。うつむいているように咲きますが、花びらが反り返っているので耳の後ろを見せる花だ、と詠んだ句です。「耳の後ろを見せているんだ」と、どことなく「ふふふ」と可笑しみを感じたことを素直に書いています。

いう感動です。

心が動くこと、それが感動です。俳句は詩です。詩は感動を描きます。

自分だけの感受性が光る「ふふふ」という感動

何か可笑しいと感じる「ふふふ」も感動です。

里山でキャンプをしたときのこと。キツツキがまるで機関銃のように木の幹を突ついていました。ところがある一羽が、ログハウスを突ついています。中に虫がいるのでしょう。でもログハウスに穴をあけられたら困ります。そこで、〈啄木鳥《きつつき》さんそれはログハウスです〉と作りました。キツツキに呼びかけたのです。

また北海道に山歩きの旅をしたときのこと。はじめて「コマクサ」を見ました。高山植物で花崗岩の砂礫《されき》地《ち》に生育し、紫がかった薄いピンクの花をつけます。花の形が馬の頭に似ているので、「駒草」と呼んだのでしょう。風が吹くと花は揺れます。風がやむと揺れは収まります。まるで風が騎手の役目をしているかのようでした。それが可笑しいので、私は句にしました。〈コマクサ首振る風のハイドウドウ〉と。

自分だけが感じることで、ほかの人は感じないかもしれないこと。それは「感受性の個性」です。だから記録する価値があるのです。〈ウエストのはちきれさうな初鰹〉〈一刀両断大根のふくらはぎ〉〈ハモニカを吹くかに咥《くわ》え玉蜀黍《とうもろこし》〉。どれも可笑しいと感じた「ふふふ」の風景です。

私たちは「日記」には出来事を書いても、心の内面までは書きません。誰かに読まれるかもしれないからです。ところが俳句にはそれが正確に記録されて、そのうえ非難されることもありません。〈私のどこかに殺意トリカブト〉なんてのはいかがですか。俳句というこんなにも便利なツールは〝使わにゃ損損〟ですね。

やぎ★けん
俳句塾
その一

「俳句の三大メリットをご存知ですか」

俳句の三大メリット

一、文章がうまくなる
二、観察眼が養われる
三、人生観が変わる

俳句を始めると人生観さえも変わる！

俳句を始めて気づいたのは、「これまで、何と冗舌な文章を書いていたことか」ということでした。

「一筆啓上火の用心おせん泣かすな馬肥やせ」。これは、徳川家康の家臣、本多作左衛門重次が戦場から妻に書いたとされる手紙で、省略の極致、簡潔な文章の見本とされています。

俳句は一七音字しかないので、俳句を続けると、省略することを覚えます。その省略の技が文章にも生かされ、文章がうまくなるのです。

油蟬樹皮の一部としてありぬ

セミが鳴いている様子を俳句にしようとして、幹を凝視したときのことです。目が慣れてセミが見えてきました。アブラゼミは焦げ茶色で、幹に溶けこむ保護色です。敵から身を守る自然の智恵です。セミの鳴く時期は種類によって異なり、最初はニイニイゼミで次にアブラゼミ、そのあとミンミンゼミ。夏が終わりに近づくとヒグラシ。そして、ツクツクボウシが鳴いて夏が終わることを知りました。俳句をやっていたおかげです。

詩は文学ですから永遠の命をもちます。作者自身は死んでも作品は永久に残り、生き続けて誰かを感動させることができます。それは名誉・地位・財産よりも、自分にとって価値あるものだと思うようになります。

人生観が変わる理由にもうひとつ。あらゆる生き物にやさしくなれるのです。セミは子孫を残してあっという間に死んでゆくことを知り、人間もまた地球上に生きる同じ生物の仲間だという自覚が芽生えるのです。

第一章

俳句づくり はじめの一歩

「季語」「定型」「切れ」、俳句の約束事はこの三兄弟だけ。
俳句を難しく考える必要はないのです。
俳句の基礎といえるこの約束事ですが、
では、なぜこれが必要なのかご存じでしょうか？
はじめの一歩は三兄弟の上手な使い方から。
三兄弟が仲よくすることが、よい俳句の条件なのです。

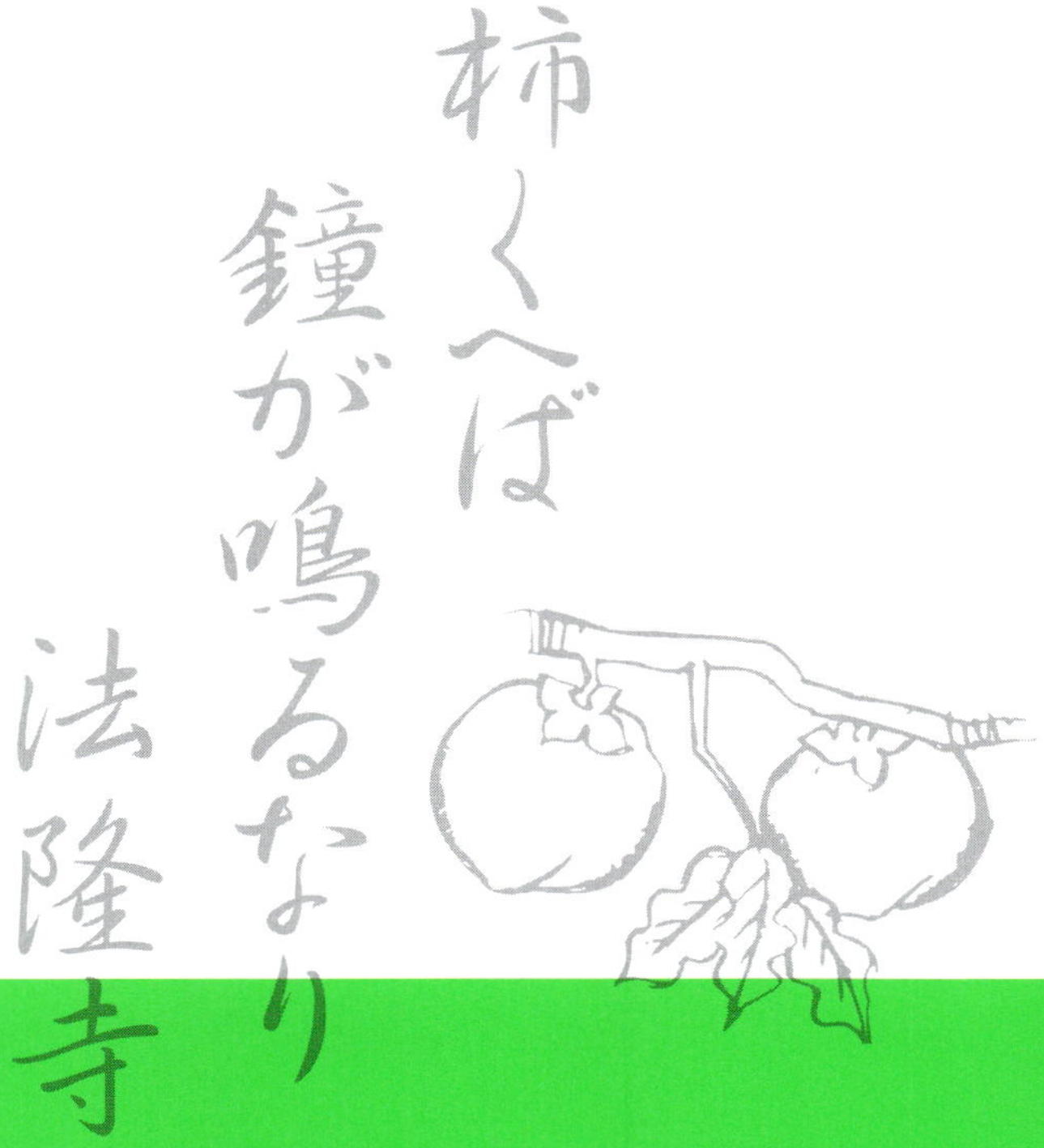

俳句の決まりごと三兄弟▼季語・定型・切れ

季語——季語の役割

夏の季語

萬緑《ばんりょく》の中や吾子《あこ》の歯《は》生え初《そ》むる　中村草田男《なかむらくさたお》

季語があることでイメージの共有が生まれる

季語とは、四季折々の季節感をあらわす言葉で、季語をかならず入れるのが俳句の約束事です。ではなぜ季語が必要なのかといえば、それは俳句の歴史に関係します。

そもそも俳句は「俳諧《はいかい》の連歌《れんが》」の発句《ほっく》、第一番目の句が独立したものです。連歌は複数の人々が集まって五七五と七七の歌を交互に詠み、つなげていく、いわば歌による座談会です。座談会の最初にはあいさつがあり、たいていは季節のことを話題にします。私たちも、誰かと会ったときは、あいさつとして季節のことを話題にすることが多いはずです。だから連歌の第一番目の句である発句には、かならず「季語」が使われたのです。そして発句は明治の俳人・正岡子規《まさおかしき》によって、「俳句」と名づけられたのでした。

そう考えると、俳句にはかならず季語があることも納得できるはずです。また季語は、大変便利なものなのです。たとえば「蝉時雨《せみしぐれ》」という季語なら、狂おしいほどに鳴き継ぐセミの声を誰もがイメージできます。

俳句はわずか一七音字しかない、

句のポイント　季語

萬は見渡すかぎりということで、「萬緑」は緑一色で夏の盛んな活力、生命力を表現した季語です。王安石（おうあんせき）の「萬緑叢中紅一点」の萬緑を中村草田男がはじめて使い、以後季語として定着しました。句意は勢いの盛んな緑の季節に子の歯が生え始めたことの喜びです。

世界で最も短い一行詩です。その一七音字の中で、くどくど説明しなくても、季語をひとつ置くことで、読み手に共通のイメージを抱いてもらえるのです。四季の明確な日本において、誰もが抱く季節のイメージを簡潔なあいさつとするのが、俳句における季語の役割なのです。

「季題」と「季語」は違うもの？　同じもの？

ところで俳句には、「季語」と似ている「季題」という言葉があります。この二つには、どんな違いがあるのでしょうか。

そもそも「季題」は、明治四〇年頃に河東碧梧桐《かわひがしへきごとう》ら日本派と呼ばれる俳人たちによって使われ出した言葉です。一方「季語」という呼び方は、碧梧桐の門人だった大須賀乙字《おつじ》が使ったのが始まりとされます。

近代になって、その違いをはっきりさせたのは山本健吉です。山本は両者を次のように定義しました。

「季題」とは、和歌に使われて以来の伝統をもった季節を象徴する言葉を中心に、それぞれの時代に選び抜かれた季節を代表する言葉。「季語」とは、季節感をほうふつとさせる連想力をもった言葉。俳句にしばしば詠まれることで、やがて季題に変わり得る、予備のような言葉。

この定義は、俳諧用語の縦題や横題といった考え方を踏まえたもので、今日では季題と季語の違いを明らかにした定説になりつつあります。

泉の底に一本の匙《さじ》夏了《おわ》る　　飯島晴子《いいじまはるこ》

夏の季語

句のポイント　季語

「夏了る」の季語には、宴のあとのようなもの淋しいイメージがあります。季語でその情景を見事に伝えている句です。人々で賑わった泉も、夏の終わりには訪れる人もいません。その泉の底に、誰かが落とした一本の匙。それは夏の終わりを象徴する句読点のように淋しい光を放ちます。

ワンポイントMemo

俳句と連歌

鎌倉時代に発達した「連歌」は、和歌の上句（五・七・五）と下句（七・七）を詠み継いでいくものです。貴族など上流階級の遊びでしたが、室町時代末期には「滑稽な内容や俗語表現」の「俳諧の連歌」が生まれ、庶民の間に広まります。江戸時代には大いに盛んになった「俳諧の連歌」から、その最初の句である発句が独立して作られるようになります。明治時代になって「俳諧の連歌」は「連句《れんく》」と呼ばれ、発句は俳句と呼ばれる文芸に発達したのです。

▼季語

季語はいちいち覚える必要はない

夏の季語

香水や時折キツとなる婦人　京極杞陽《きょうごくきよう》

句のポイント 季語

夏は汗をかくので体臭が気になる季節。「香水」は体臭を消すために使うということで、夏の季語となっています。香水は主として女性が使うものです。芳しい香りが美をイメージさせ、逆に気位の高さをイメージさせ、反感を持たれることも……。この句では後者。勝気な女性を描いています。

何気なく使っている言葉にも季語がたくさんある

俳句にとって欠かすことのできない、四季折々の季節感をあらわす言葉・季語。季語を解説している歳時記には、膨大な数の季語が出ていますが、これをすべて覚えている俳人などいないでしょう。

俳句を始める人の中には、「季語をどうやって覚えればいいのか」と考え込んでしまう人もいます。

しかし、季語はいちいち覚える必要はありません。実は、誰でも二〇〇くらいは季語を知っているのです。ただ、自分がふだん何気なく使っている言葉が季語だと気づいていないだけなのです。

たとえば春の季語なら、「立春」や「彼岸」など季節そのものをあらわす言葉も季語です。あるいは、「入学」「卒業」「遠足」「花見」など春の行事もそうです。また、「土筆《つくし》」や「鶯《うぐいす》」、「蝶《ちょう》」など、この季節を象徴する動植物の名も、春の季語です。どの季語も、私たちが日常的に使っている言葉ばかりです。

また著名な俳人でも、季語については、だいたい三〇〇〇くらいしか使っていません。ですから、無理に季語を覚えようとする必要はないのです。季語は俳句を作りながら、自然と覚えてゆけばいいのです。

ところで、使いたい季語があるけ

ワンポイントMemo

何気なく使っている季語

▼**麗らか（うららか）【春】**
春の太陽の光を浴びて事物が明るく美しく見えること。心地よい気分。

▼**残雪（ざんせつ）【春】**
春になっても消えずに残っている雪のこと。

▼**風車（かざぐるま）【春】**
昔、花見のときに風車売りが出たことから春の季語になった。

▼**青葉（あおば）【夏】**
青々と茂った木々の葉。緑が深くなった頃の葉。若葉は初夏。

▼**避暑（ひしょ）【夏】**
暑さを逃れて海や高原に出かけたり滞在すること。

▼**夕立（ゆうだち）【夏】**
夕方、短時間に強く降る雨のこと。夏に多いので夏の季語。

▼**夕焼け（ゆうやけ）【夏】**
日没頃の西の空が一面に紅く染まること。夏がとくに鮮明。

▼**夜長（よなが）【秋】**
昔の人々にとって穏やかな陽気になった秋の夜は、就寝までひとしお長く感じたことによる。

▼**案山子（かかし）【秋】**
秋の田で鳥獣除けに立てられる。俳句では「かがし」とも読む。

▼**残暑（ざんしょ）【秋】**
立秋を過ぎて彼岸頃までの暑い日々。暦の上では秋。

▼**時雨（しぐれ）【冬】**
初冬の頃、断続的に降る雨。春の時雨は春時雨、秋は秋時雨。

▼**木枯らし（こがらし）【冬】**
冬のはじめ頃に吹く、木を枯らせるほどの強い風のこと。凩。

▼**小春（こはる）【冬】**
俳句では十一月半ばから十二月はじめ頃の、穏やかな春に似た日和。

▼**初夢（はつゆめ）【新年】**
元日の夜から二日にかけて見る夢。初寝覚めとも。

▼**寝正月（ねしょうがつ）【新年】**
正月に朝寝をしたり、家でごろごろ過ごすこと。

れど、それを入れると句がうまく収まらないことがあるかもしれません。そんなときには、まず歳時記を開いてみましょう（季語の辞書兼例句集であり、読み物でもある歳時記についてはP34で詳しく触れます）。

歳時記を見てみると、春の季語である「鶯《うぐいす》」には、「春告鳥《はるつげどり》」や「初《はつ》音《ね》」という傍題、言い換えの言葉があります。同じ意味でも別の言い方があることを覚えておけば、自分が使いたい季語を、一七音字の中で自在に使うことができるでしょう。

▼季語

意外な言葉も季語になる

夏の季語…●

ナイターに見る夜の土不思議な土　山口誓子《やまぐちせいし》

句のポイント　季語

昭和三五年の作。当時、野球のナイトゲーム（ナイター）は時代の先端をゆくものだったから、誓子も一度は見て句にしておきたいと思ったのでしょう。強いライトに照らされたグラウンドの土を詠んでいます。土の異様な色を詠むことで、「ナイター」という新しい季語を使いきっています。しかし、「不思議な」と説明しているのは誓子らしくない、と評する俳人もいます。

「いま」を詠む俳句には新しい季語も増えている

日本は春夏秋冬と、季節の変化がはっきりとした風土です。そのため季語や季題は、春・夏・秋・冬に新年を加えた、五つの項目に分類されています。また五つの季節も、季語の性質によって、時候（暦や気候、時刻など）・天文（天体や気象）・地理（山・川・海・田など）・生活（衣食住や仕事、遊びなど）・年中行事・忌日・動物・植物・食物など、七～九に分類されます。

このように分類された季語のひとつひとつは、もちろんはじめから決まっていたわけではなく、それぞれの季節にふさわしい言葉、誰もが共感できるイメージをもつ言葉が季語として成立していったのです。

たとえば冬の季語。「ストーブ」や「炬燵《こたつ》」などの暖房機器は、まさに冬の象徴ですね。「正月」「初夢」「お年玉」などは、新年だけに使える季語です。サラリーマンのお父さんなら、「寝正月」も新年のわかりやすいイメージでしょう。

また私たちの生活は、日々、変化と進歩を続けています。「いま」を表現する俳句ですから、その時代に応じた新しい季語も必要になってきます。たとえば「ボジョレー・ヌーボー」は、かつては一部の愛好家だ

ワンポイントMemo

近年できた新季語

▼**クリオネ【春】**
体長二センチほどの貝の仲間。流氷とともにオホーツクに来る。

▼**バレンタインデー【春】**
製菓業界の旗振りで始まり、二月十四日の愛と儀礼の行事として昭和五〇年頃から定着した。

▼**花粉症（かふんしょう）【春】**
杉や松などの花粉が原因のアレルギー疾患。春の発症が多い。

▼**ナイター【夏】**
夜開催の野球の試合。現在は春や秋もあるが、当初は夏だけだった。正しくはナイトゲーム。

▼**熱帯夜（ねったいや）【夏】**
気象庁の用語。最低気温が二五度以上の夜のこと。

▼**ボジョレー・ヌーボー【秋】**
フランス・ボジョレー地域の赤ワインの新酒。十一月第三木曜の販売解禁は日本でも毎年話題。

▼**箱根駅伝（はこねえきでん）【新年】**
毎年一月二、三日に行われる関東地方の大学対抗駅伝大会。

地方独特の季語

▼**桜隠し（さくらかくし）【春】**
新潟県東蒲原郡地域。旧暦三月に降る雪。桜開花の頃、花を包んでしまう雪の様子から。

▼**闘犬（とうけん）【春】**
高知県。土佐闘犬は新春一月から始まるが春がシーズン。

▼**立ち雲（たちくも）【夏】**
沖縄県。沖縄の入道雲のこと。真夏にそそり立つ雲をあらわす。

▼**三束雨（さんぞくあめ）【夏】**
群馬県。雷鳴を伴い激しく降る急雨のこと。みつかあめとも。

▼**卯夏（うなつ）【秋】**
高知県。秋十月でも汗ばむ陽気が続く土佐の晩秋の日和のこと。

▼**古書市（こしょいち）【秋】**
東京都。毎年十月下旬から十一月三日まで神田神保町の古書街で行われる神田古本まつり。

▼**小夏日和（こなつびより）【冬】**
沖縄県。十一月の立冬前後に急に気温が上がる時期のこと。

（『語りかける季語　ゆるやかな日本』／宮坂静生著より）

けに通じるものでしたが、昨今では十一月の秋の風物詩として、多くの人々がそのイメージを共有するようになりました。「箱根駅伝」もまた、正月休みの恒例行事として、平成十一年に季語として成立しています。

季語の中には、こうした時代の変化を映した言葉のほか、有名な俳人が句に詠んだことで定着した言葉も少なくありません。

新しい季語も含め、季語のイメージそのままを俳句に詠めば、読み手の共感を得ることができます。逆に、そのイメージを裏切るような形で、意外性のある句に仕上げてもおもしろいでしょう。

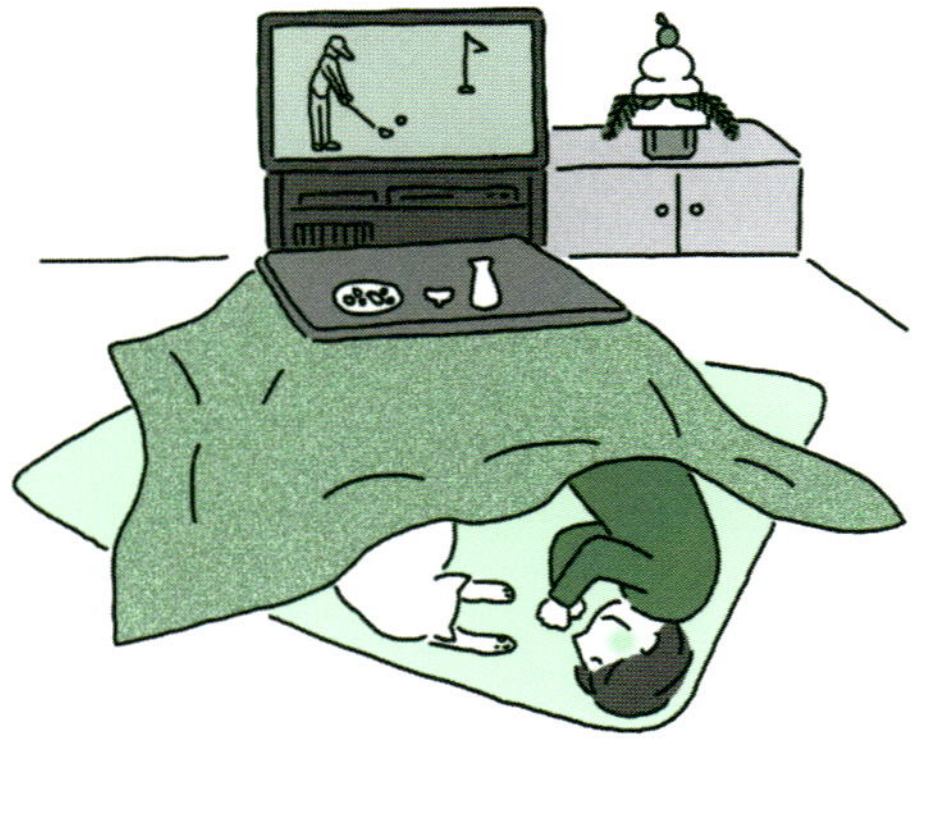

やぎけん流★

俳句の決まりごと三兄弟▼季語・定型・切れ

定型――基本のリズムは五七五

じゃんけんで⑤負けて蛍に⑦生まれたの⑤　池田澄子

句の解釈

前段で「あなたはどうして蛍に生まれてきたの」という設問があったはず。そして、たまたまじゃんけんで負けたから……と答えているのです。そのことを蛍は悲しんではいない。逆に「どうして人間なんかに生まれたの？」とたずねられそうです。何に生まれるかは偶然でしかないという達観があります。

日本人の心に響く七五調のリズム

俳句の形式で、五音（上五）・七音（中七）・五音（下五）と、合計一七音からなるものを「定型」と呼びます。いわゆる五七五のリズムのことです。

短歌は五七五七七で、連歌は短歌の五七五と七七を繰り返しつなげていった形です。俳句はこの連歌の発句である五七五が独立したものだということは、季語の頁でも説明しました。松尾芭蕉の〈古池や蛙《かわず》飛びこむ水の音〉は、典型的な定型の句だといえるでしょう。

ところで、なぜ俳句の定型は五七五なのでしょうか？　短歌の五七五から独立したといっても、そもそもなぜそれが五七五だったのかという疑問は、古くから多くの研究者の間で議論されてきました。その結果、五七五というリズムは日本語特有のものであり、それを日本人が好むのは、五七五のリズムが日本人にとって心地よいものだからといわれています。童謡や演歌など、日本人に親しみのある音楽を思い出してください。七五調のリズムがとても多いことからもわかるでしょう。

俳句は一七文字でなく「一七音字」の詩

ここで注目したいのは、五七五は字数ではなく音数であるということです。たとえば芭蕉の句で、「古池」は二文字ですが、声に出して読むと「フルイケ」と四音になります。このように、音の数を五七五にするのが俳句の「定型」です。

それではスキーという言葉の「ー」のように長く伸ばす部分（長音）や、「きゃ」「きゅ」「きょ」などの言葉の小さな字（拗音《ようおん》）を含む部分、同じように小さな文字でも「っ」のようにつまる音（促音《そくおん》）、そして「ん」という言葉（撥音《はつおん》）などは、それぞれ何音で数えるのかと、迷ってしまう人もいるでしょう。これらはいずれも、一音に数えます。

また俳句で使う場合のみ独特の読み方が許される漢字があります。たとえば大根という言葉。ふつうは「だいこん」と読みますが、俳句では「だいこ」と読むこともできます。夕立も、「ゆうだち」と読んでも「ゆだち」と読んでもかまいません。

句を作る際には、ひとつの言葉でもほかの読み方がないか調べて、リズムのよい句を作ってみましょう。

⑤ ⑦ ⑤

乗鞍《のりくら》のかなた春星《しゅんせい》かぎりなし　前田普羅《まえだふら》

句の解釈

乗鞍岳は、飛騨山脈南部の標高三千メートル超の山。その乗鞍岳の上空に、春の星が無数に輝いているという風景です。「かぎりなし」の表現に、きらめく星々の華やかさが、「春星」には輪郭がにじんだような、やわらかさがあります。自然の美しさを率直に詠んだ句です。

ワンポイントMemo

日本最古の歌も五七五のリズム

日本最古の歌といわれるのが、『古事記』と『日本書紀』に登場する、有名なスサノオノミコトの歌です。

八雲立つ
出雲八重垣
妻籠みに
八重垣つくる
その八重垣を

これはスサノオノミコトが妻としたクシナダヒメとの新居の前で歌ったとされる歌です。歌の意味するところは、八色の雲の立つ出雲に妻を住まわせる宮殿を建てよう。幾重にも垣をめぐらせて……、ということ。五七五七七の音数がきれいに揃った、見事な和歌です。

このように、五七五のリズムは古代から日本人になじみの深いものだったようです。

▼定型

破調で作る独特のリズム

ミモーザを活けて一日留守にしたベッドの白く ⑧ ⑨ ⑦

河東碧梧桐《かわひがしへきごとう》

句のポイント 字余り

全部で二四音字もあり、定型や切れを無視した新傾向俳句の旗手・碧梧桐らしい句です。ローマ滞在中の作で、「ミモーザ」とのばすのは現地の発音なのでしょう。それも新しい感覚を大切にする碧梧桐らしいものです。ミモザの黄色とベッドシーツの白の明るさが、がらんどうの部屋の空虚感をかき立てています。

定型に収まらない思いを字余りや字足らずで表現

俳句の定型は五七五の一七音字ですが、自分が感じたものを詠もうとしても、こうした定型に収まらない場合があります。そんなときには「破調」といって、定型をくずす手法があります。皆さんご存じの字余りや字足らずも破調のひとつです。

字余りの場合、上五・中七・下五のどこか一音がはみ出している程度なら、定型から大きくはみ出した感じは少ないでしょう。また下五が字余りなどの破調では、字余りの効果が強く出されて、句に深みや広がりをもたらす場合もあります。

大きく文字数がはずれる場合でも、意味のうえで必要なら使ってもいいのです。不安定なリズムが句に独特の表情を与えてくれるからです。

句またがりの破調は五七五以外で切れる

破調の中でも、上五や中七などで句がいったん切れずに、次の句に言葉や意味がつながっている場合を、「句またがり」といいます。

句またがりのパターンは主に二つ。ひとつは、上五と中七、または中七と下五が切れずにつながるタイプ。もうひとつは、中七の中に、句の切れ目があるものです。

花衣《はなごろも》ぬぐやまつはる紐いろいろ

⑤ ⑦ ⑥

切れ　句またがり　字余り

杉田久女《ひさじょ》

句のポイント　破調

「まつはる紐いろいろ」は、意味の切れ目と五七五の切れ目が一致しないため「句またがり」になっています。そして句の下五は六音になっている字余りで、「まつはる紐」の感じを字余りでうまく表現しています。

春の海終日《ひねもす》のたりのたりかな

⑤ ⑦ ⑤

切れ　句またがり

与謝蕪村

あえて定型という基本をはずし、句またがりによる破調を用いるのはなぜでしょう。それはリズムにおもしろみが加わり、思わぬ効果を生む場合があるからです。これは、どうしても定型に収まりきれない、作者の強い思いの表現でもあるわけです。

このようにリズムがおもしろくなり、句の立体感が増す句またがりですが、はじめから定型を意図的に破ってやろうという新奇さだけを狙っても、なかなか成功するものでありません。破調の句というのは、意図的に作るのではなく、句作に慣れてくることによって、無理なく自然に作れるようになるものなのです。

俳句初心者はまず、定型の句作に充分慣れることです。そして、先人の句またがりの句を、数多く鑑賞することから始めるとよいでしょう。

句のポイント　破調

五七五のリズムは〈春の海／終日のたり／のたりかな〉ですが、意味で切ると〈春の海／終日／のたりのたりかな〉となります。句またがりにすることで、春の海ののびやかな感じが出ています。

やぎけん流★

俳句の決まりごと三兄弟▼季語・定型・切れ

切れ――間や強調などの効果

ちるさくら海あをければ海へちる
高屋窓秋《たかやそうしゅう》

切れ

句のポイント 上五に「切れ」

上五の「ちるさくら」で切れています。そして視界はズームアウトし、断崖と青い海に広がっていきます。「海あをければ」は、海の青さに花びらが吸い寄せられてゆく様子を強調した表現です。「ちるさくら」で強く切って、間をとって読むとよいでしょう。

俳句らしさを演出する「切れ」の効果

俳句の決まりごと三兄弟の最後は「切れ」です。そして、俳句を最も俳句らしく演出してくれるのが、この「切れ」にあるといっても過言ではありません。

一七音字の詩である俳句では、言葉をくどくどと並べたり、自分の気持ちを長々と書き綴って表現することができません。この限られた文字数で、表現したい思いや光景を描き、読者に伝えるために活用するのが、「切れ」なのです。

俳句は句のどこかに言葉や意味が途切れる、「切れ」る部分を作ります。その「切れ」を活かすことにより、句の中で作者の気持ちや情景が省略され、それによって句の中に「間《ま》」が生まれます。間は、句に余韻をもたらします。この間を鑑賞することによって、読み手はその句の背景や作者の深い思いまでをも、想像することができるのです。

それでは「切れる」ということは、どういうことでしょう？　例句に挙げた高屋窓秋の句は、上五の「ちるさくら」で大きく切れています。「切れ」とは、一句の中で、一カ所大き

く切れる場所（空間）を指します。
またこうした「切れ」に使われる言葉には「切れ字」と呼ばれる、「や」や「かな」、「けり」などがあります。

感動の中心を絞り それを「切れ」で強調

「切れ」の効果は、間や余韻だけではありません。たとえば「や」という言葉は、文法でいうところの感動詞・間投詞ですので、上五の部分で「〜や」と使うことで感嘆の気持ちをより強く表現することになり、強調のニュアンスになります。無駄な言葉を省略して、思い切って言い切るという「切れ」。これこそが俳句の大きな特徴です。そのほか、リズムや句の引き締めという意味でも、「切れ」は大切なものです。

俳句は必ずどこか一カ所で「切れ」るものです。これが上五も中七も切れてしまうと、下五も含めて三カ所で切れてしまう、いわゆる「三段切れ」となってしまいます。三段切れは、俳句作りでは禁じ手です（詳しくはP66〜を参照）。

自分が一番強調したいこと、感動の中心をひとつに絞り、言い切ることが、俳句の「切れ」なのです。

牡丹散ってうちかさなりぬ二三片　与謝蕪村

切れ（うちかさなりぬ）

句のポイント　中七に「切れ」

「うちかさなりぬ」で切れてそこが強調されていますが、散った花びらはわずか「二三片」です。これが夥しい花びらの散りかたでは美しさがありません。二三片というのがよろしいのです。二三散る牡丹を擬人化しているような感じも出ています。

ワンポイントMemo

発句の独立が「切れ」を不可欠にした

俳句は連歌の最初の句である発句が独立したものです。そもそも発句自体、連歌の一連の流れから独立しており、連歌全体に睨みを利かせて統括するものだったのです。次の脇句につながらない、いわば表紙のようなものでした。そのために、言い切る「切れ」を作ったのです。

発句だけで独立しているということは、そのうち発句だけを作って楽しむようになるのは当然のこと。連歌には人数が必要ですが、発句だけなら一人でできるという利点もあります。発句だけを独立させたものを地発句といい、芭蕉の時代から盛んに作られるようになりました。それが後に俳句となったので、「切れ」は俳句のスタート地点にある、いわば条件なのです。

▼切れ

切れ字で感動を表現する

古池や蛙《かわず》飛びこむ水の音　松尾芭蕉

切れ字

句のポイント　切れ字「や」

「古池や」で大きく切ることで、古池の静かな風景をクローズアップ。そして蛙の飛び込む「音」が、その静けさを強調しています。芭蕉は、蛙の飛び込む「音」に焦点を当てました。季語の本来の意味「本意」からすると、ここでの蛙の本意は「鳴き声」です。本意を裏切ったのです。古池に蛙たちが飛び込み、厳かな静寂を破った……、ところに句の滑稽があります。

代表的な切れ字「や」「かな」「けり」

俳句に「切れ」を作り出す切れ字の中でも、「や」は最も有名な切れ字でしょう。例句に挙げた芭蕉の、〈古池や蛙飛びこむ水の音〉をはじめ、多くの句に使われています。この「や」という切れ字は、たった一文字で感動の中心を強調し、句に格調を生み出します。

「かな」もよく使われる切れ字です。語尾につくのが一般的な「かな」は、「〜だなあ」という、感動そのものや感嘆をあらわします。「かな」はいろいろな言葉につけられますが、名詞につけると効果的でしょう。〈稲妻のかきまぜて行く闇夜かな〉（向井去来）のように、名詞＋「かな」により、感動の中心がはっきりします。また「かな」はほかの切れ字よりも柔らかな印象を与えます。

「けり」という切れ字は、断定する際に使います。強い言い切りの言葉である「けり」によって、その直前の動作が強調され、句が引き締められます。なお、「けり」は動作を強調する言葉ですので、必ず動きを表す動詞の後に付けられます。とくに下五に使うと効果的な言葉です。

切れ字を使うと古くさい印象をもつ人もいるでしょう。しかし、それ以上に、詠嘆という強い感動を表現するにはとても有効なのです。

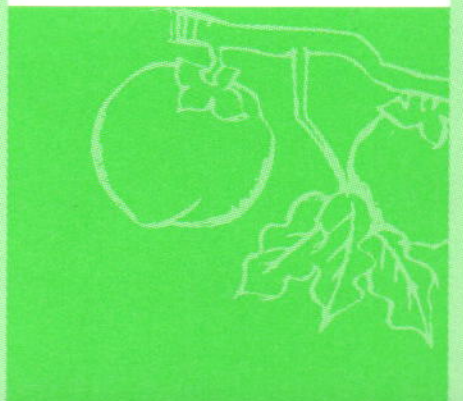

表現の幅を広げる「をり」「なり」「たり」

切れ字には、さまざまな言葉があります。「や」や「かな」、「けり」が使えるようになったら、次は「をり」、「なり」、「たり」という切れ字を覚えて、さらに句作の幅を広げてみましょう。

それではこの三つの切れ字を、「動く」という言葉で見てみましょう。「動きをり」とは動いているという意味。それが「動くなり」となると、動くのであるという意味になり、「動きたり」となると、動くのだ！という強調の意味になります。

ほかにも、「～にけり」や、「～よ」、「～ぞ」など一文字の切れ字があります。これらを使い分けることで、自分の思いや感動をより的確に伝えることができるのです。

実は、切れ字は数えてみると「かな・もがな・ぞ・よ・や・つ・へ・いかに・り・けり・し・か・せ・ぬ・ず・じ・らん」と、全部で一八あります。しかし実際に俳句で使うなら「や」「かな」「けり」が使いやすいですし、「をり」「なり」「たり」まで使えるようになれば十分です。

筍《たけのこ》の光放ってむかれけり

渡辺水巴《わたなべすいは》

切れ字

句のポイント　切れ字「けり」

切れ字の「けり」は、詠嘆をあらわす働きがあります。薄暗い厨房で誰かが筍を剥いています。その筍は光を放っています。なぜなのでしょう。お勝手と呼ばれた昔の台所は、煤けて黒光りしていたものでした。そのお勝手で剥かれている筍の白い肌は、輝いて光を放っているように見えたのです。

ワンポイントMemo

四十八文字皆切れ字なり　——芭蕉

切れ字一八について芭蕉は、「切字を入るるは句を切るためなり。切れたる句は、字を以て切るに及ばず。いまだ句の切る切れざるを知らざる作者のため、先達切字の数を定めらる」（『去来抄』）と言っています。また「切字に用ふる時は、四十八字皆切字なり。用ひざる時は一字も切字なし」（同）という有名な言葉を残しています。

芭蕉は、句の切れは、切れ字を使う使わないにあるのではなく、「切る」という表現意志によって実現すると言うのです。ですから、いろは四八文字すべてが切れ字になり、また切る意志がなければどの文字も切れ字にならないということです。「切れ」の大切さがわかりますね。

やぎけん流★

俳句作りツール三点セット▼歳時記・俳句手帳・電子辞書

歳時記の種類と選び方

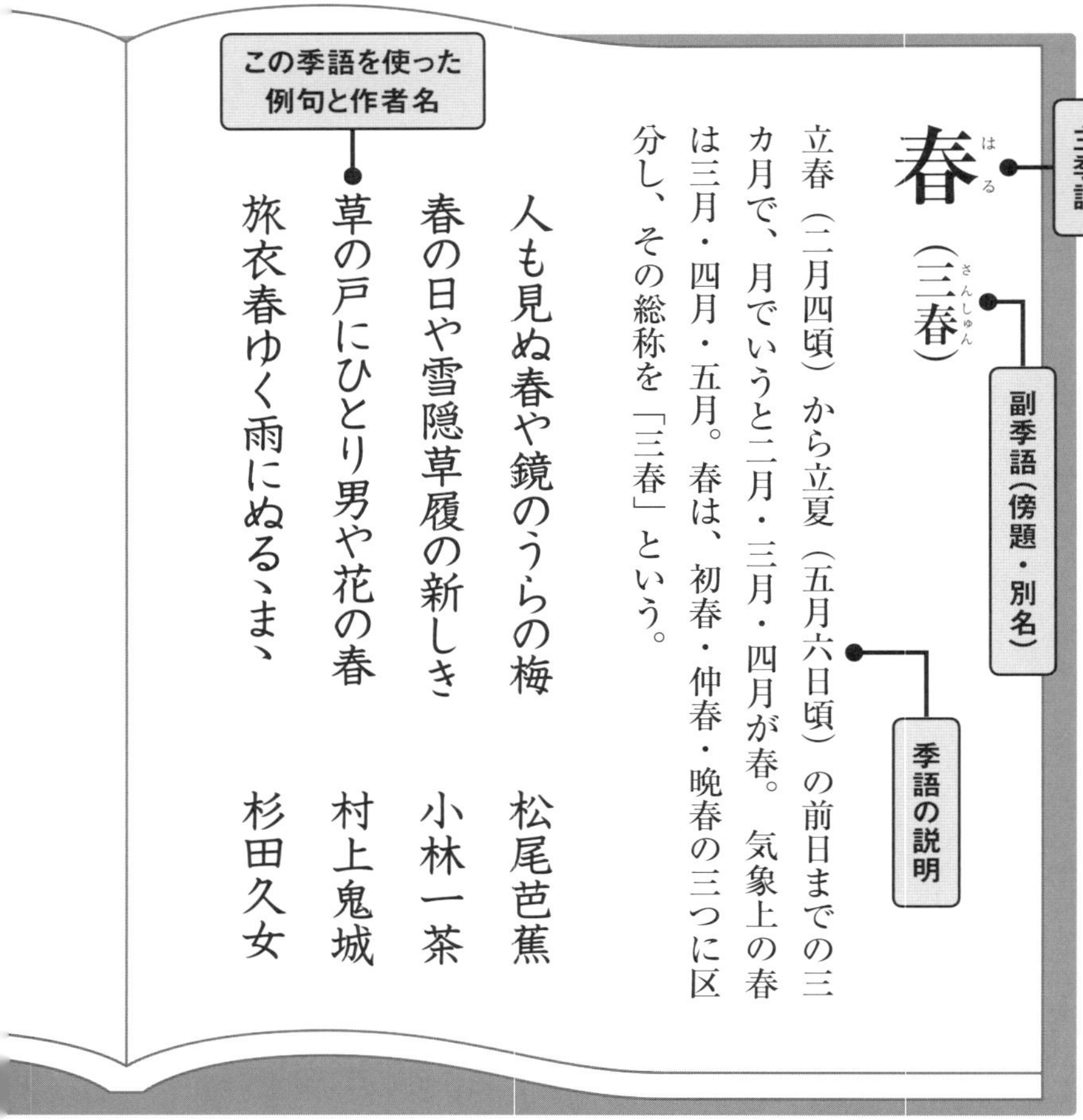

主季語
春《はる》
（三春《さんしゅん》）
副季語（傍題・別名）
立春（二月四頃）から立夏（五月六日頃）の前日までの三カ月で、月でいうと二月・三月・四月が春。気象上の春は三月・四月・五月。春は、初春・仲春・晩春の三つに区分し、その総称を「三春」という。
季語の説明
人も見ぬ春や鏡のうらの梅　松尾芭蕉
春の日や雪隠草履の新しき　小林一茶
草の戸にひとり男や花の春　村上鬼城
旅衣春ゆく雨にぬるゝまゝ　杉田久女
この季語を使った例句と作者名

季語がすぐ調べられる携行できる歳時記を

俳句作りに欠かせないツールといえば、まず第一に挙げられるのが、「歳時記」です。歳時記は、俳句の季題や季語（P20参照）を、春・夏・秋・冬・新年の五つに整理分類し、季節に関わる自然の現象や生活習慣、行事などについて項目を立て、本意や解説をする書物。各季はまた、時候・天文・地理・人事・植物・動物に分けて配列しているものが多く、民俗学百科事典ともいえるものです。また、その言葉を使った例句なども載っているので、使い方の例として作句の際にはとても役立ちます。

　歳時記は現在、さまざまなタイプ

ハンディ版歳時記

ハンディ版 入門歳時記

大野林火監修／俳句文学館編
発行：角川学芸出版／1984年4月／文庫サイズ

季題・季語約800を厳選した初心者用歳時記。すべての例句にルビが施してあり、俳句が読みやすく親しみやすくなっています。例句中の一句には鑑賞文がついており、俳句の理解と実作はもとより、季題の情趣の理解にも役立ちます。

合本歳時記

『合本俳句歳時記　第四版』

角川学芸出版編
発行：角川学芸出版／2008年6月／文庫サイズ

厳選された季語2,537語、傍題（別名）5,034語を掲載。美しく変化に富む日本の自然と豊かな心が育んできた季語の背景には、古典から現代までの文化が息づいています。その季語の本意を明らかにする解説と精選した例句で、実践的な内容になっています。

分冊歳時記

河出文庫『新歳時記 春／夏／秋／冬／新年（全5冊）』

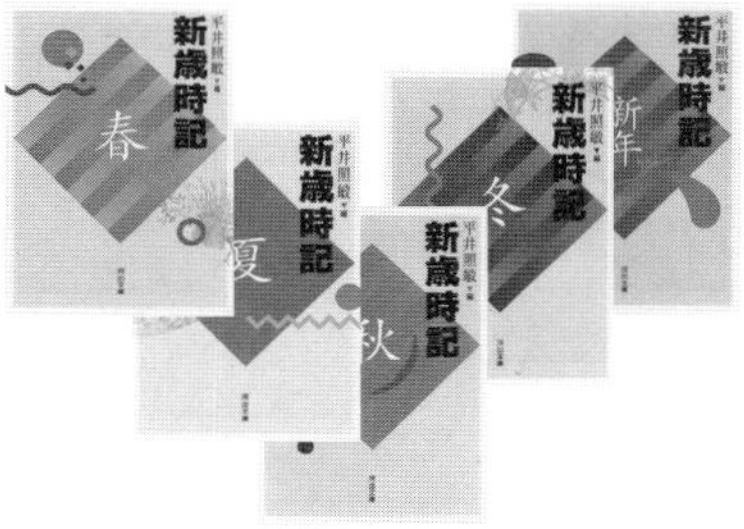

平井照敏編
発行：河出書房新社／1996年12月／文庫サイズ

春631、夏800、秋559、冬563、新年257の季語を収録。綿密な解説と全季語の「本意」が詳しく書かれています。全季語の目次が巻頭に収められているため、実作にも辞典・事典としても便利な5冊です。『新年』の巻末には、季語論、行事一覧、総索引などを収録。

季寄せ

『ホトトギス季寄せ　改訂版』

稲畑汀子編
発行：三省堂／1997年11月／B7判横

『ホトトギス新歳時記』改訂版の携帯用ダイジェスト版。軽くて丈夫な紙質を使い、吟行用として使いやすい、手軽な携帯版です。季題は2,600語、傍題を含めると5,700語を収載。季題は12カ月に分類され、どの季題にも例句が添えてあります。

が世に出ていますが、俳句初心者が選ぶなら次の三点をポイントにするとよいでしょう。

一、季語の本意が載っているなど解説は詳しいか

二、例句は評価の定まっている俳人のものか

三、持ち運びに便利なサイズか

歳時記は携行して、気になった事柄をすぐに調べてみたり、書物として読むことをおすすめします。また、俳句を始めると、ついついほかの歳時記も気になって、何種類も買い集める人が多いようです。しかし、何種類も持つよりも、これと決めた一冊をボロボロになるまで使い込んでみてください。それが、俳句上達のひとつの方法でもあるからです。

歳時記の種類としては、五季を一冊にまとめた大判の「合本歳時記」や、五季ごとに一冊になった「分冊歳時記」のほか、季語だけを集めて解説を最小限にとどめた「季寄せ」もあります。厚手で季語や例句が多数載っているものは自宅用に、ハンディなタイプは日常づかいに、と使い分けてもいいでしょう。

俳句手帳と電子辞書の活用法

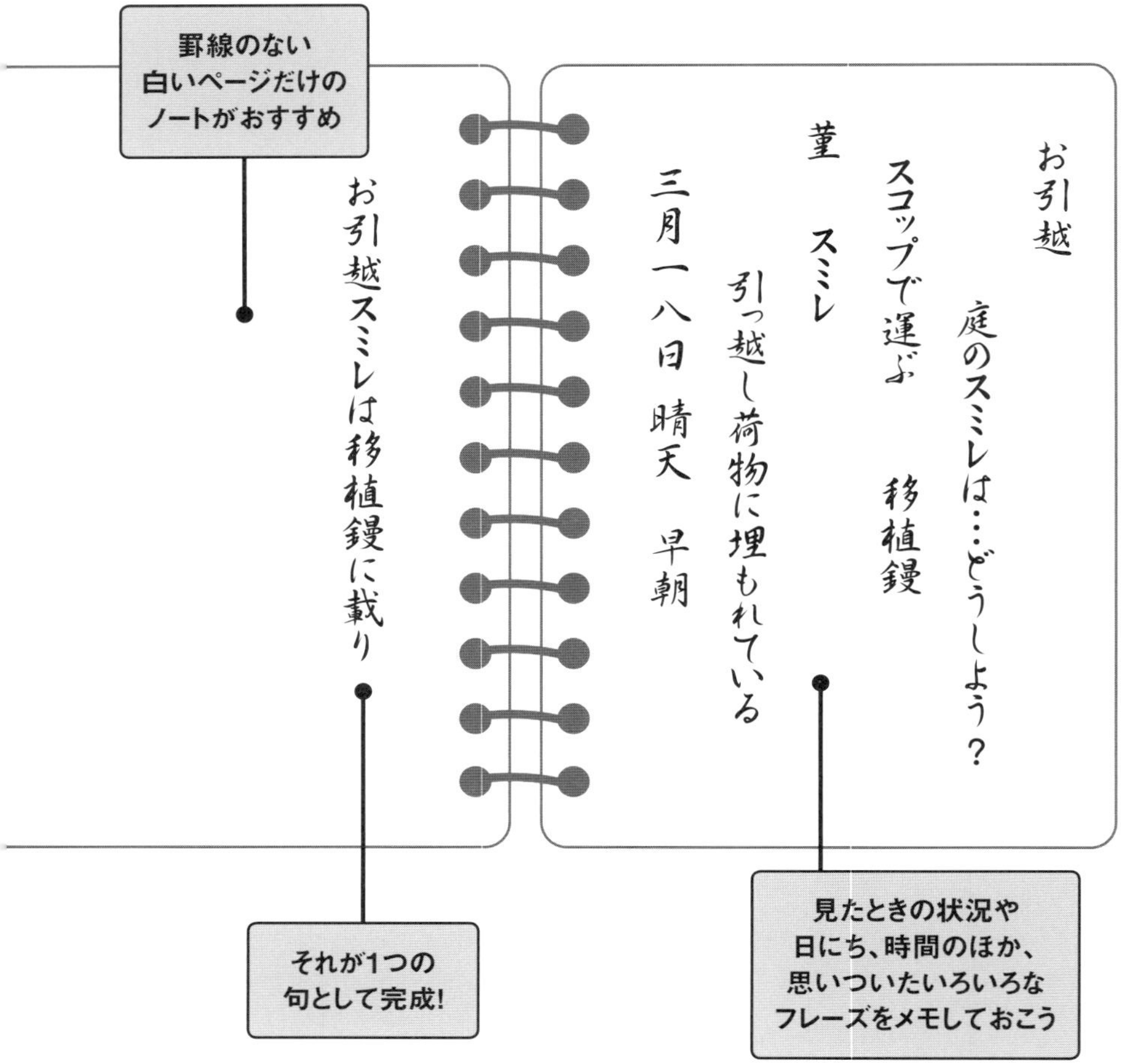
罫線のない白いページだけのノートがおすすめ
お引越
庭のスミレは…どうしよう？
スコップで運ぶ　移植鏝
菫　スミレ
引っ越し荷物に埋もれている
三月一八日　晴天　早朝
お引越スミレは移植鏝に載り
見たときの状況や日にち、時間のほか、思いついたいろいろなフレーズをメモしておこう
それが1つの句として完成!

俳句手帳は作句のメモ帳 ポケットサイズがベスト

見たものや感じたことを五七五の俳句に詠むのは、初心者でも案外簡単なことです。しかし納得のいく句にするには、表現や言葉を変えるなどの試行錯誤がつきもの。そこで、俳句手帳（句帖）が活躍します。

俳句手帳はノートなら何でもよいのですが、コンパクトなサイズがおすすめです。外出先で心を動かされる題材に出会ったとき、ポケットに俳句手帳があれば、そのときの状況や、見た物、感じたこと、思いついたフレーズなどをメモしておけます。そして俳句を作るとき、表現を変えたり、別の要素を入れたりと推敲する際に、メモしておいた事柄が役立つというわけです。

電子辞書は大きな文字歳時記つきが便利

いまや俳句作りの必携ツールといえるのが、電子辞書です。コンパクトなサイズながら、ものによっては一〇〇種類ものコンテンツを収録しており、その中には辞書・事典の本文をすべて収録したものも。漢字の読み方や意味の解説だけでなく、旧仮名も即座にわかるので、句作にはもってこいのツールなのです。

電子辞書は各メーカーからさまざまな種類が出ていますが、俳句を作る人は、歳時記が入っている機種を選びましょう。使い慣れれば、外出時や吟行の際など、その軽さと便利さが実感できるはず。また大きな文字で表示されるなど、見やすさもポイントです。キーボードも携帯電話方式とローマ字入力が選べるものが多いようです。

歳時記のコンテンツがある電子辞書

CASIO
エクスワード
XD-SP6700

収録されているのは、『合本俳句歳時記 第三版』(角川書店)で、季語は2,514語、傍題を含めると4,920語、例句は16,000句。『ホトトギス俳句季題便覧』(三省堂)もあり、季題・傍題約5,700項目を備えています。入力はローマ字入力か、かなめくり入力(携帯電話と同じく「あ」のキーを押すごとに「い」「う」「え」「お」と文字変換する)。タッチペンでの手書き入力もできます。

SHARP
Brainブレーン
PW-AC880-S

収録歳時記は『合本俳句歳時記 第三版』(角川書店)。俳句の老舗として知られる角川書店の歳時記は、厳選された季語と精選した例句で定評があります。この機種の特徴は高精細HVGAカラー液晶画面。収録コンテンツの画像約1万点もカラーで見やすくなっています。キーボードはローマ字入力。文字サイズは5段階で拡大縮小が可能。タッチペンでの手書き入力もできます。

※各電子辞書の情報は2008年9月現在のものです。

●季語が検索できるインターネットのサイト

サイト名／コンテンツ名	内容	URL
(社)日本伝統俳句協会／インターネット歳時記	全国規模の俳句団体のひとつ、日本伝統俳句協会のホームページ内にあるコンテンツ。主だった季題約3,000を掲載。投句された俳句の中のすぐれたものを例句として掲載している。	http://www.haiku.jp/saijiki/index.html
現代俳句協会／現代俳句データベース	全国規模の俳句団体のひとつ、現代俳句協会のホームページ内。季語は『新版俳句歳時記』(雄山閣)の分類を基礎としている。俳句作品もデータベース化し、現在4,530名の約26,000句を収録。	http://www.haiku-data.jp/
国際日本文化研究センター／季語検索	日本文化に関する総合研究と、日本研究者に対する研究協力のために設立された研究機関。大学共同利用機関。ホームページ内データベースのひとつに季語検索があり、35,000語以上を収録。	http://www.nichibun.ac.jp/
俳句ステーション／季語	俳句を作って楽しむことがテーマのサイト。無料・有料の各種会員登録で投句や互選での投票、添削を受けることもできる。季語のページは月ごとに分かれて代表的な季題と簡単な解説がある。	http://www.haiku-st.co.jp/

やぎ★けん俳句塾 その二

「滑稽俳句でもっと俳句を楽しもう」

滑稽俳句の三カ条

一、読者の心に笑いを生じさせる

二、機智に富みかつ真実の発見がある

三、可笑しい光景に哀感が透けて見える

百年ぶりに復活した滑稽俳句は俳句のルーツ

広辞苑の「俳句」の項には、「俳《はい》諧《かい》の句・こっけいな句」と出ています。広辞苑が間違っているわけではありません。俳句は本来、滑稽な句なのです。その滑稽がこの百年あまり、俳句から失われていました。「俳句は真面目なもの」と多くの俳人が思い込んでいたのです。

「滑稽」ということに関心がなかったのではなく、この半世紀は、見て見ぬふりをしていたようです。と申しますのは、戦後まもなく仏文学者の桑原武夫が軽率にも「俳句は第二芸術だ」と俳句をこきおろしたことがあり、その後、俳文学者の山本健吉が俳句には「滑稽」「あいさつ」「即興」という大きな特徴があると反論し、多くの俳人が「そうだ、そうだ」と山本健吉の論にすがった経緯があるのですから……。

ではなぜ山本健吉は、「滑稽」を最初に挙げたのでしょうか。俳句は俳諧の連歌の発句《ほっく》（一番目の句）が独立したものです。貴族文化としての連歌に対して興《おこ》った、「可笑しい」や「猥雑」な内容の庶民の連歌を「俳諧の連歌」と呼びました。俳句の起源がその「発句」だというところに、大きな意味があるのです。

人間が誰かに会ったとき、最初に口にするのは「あいさつ」です。そして、共通の話題を探し、多くの場合は天気のことを言います。会話のもつ特徴のひとつに「サービス精神」があります。何か可笑しいものを見つけて笑わせてあげる、それがサービス精神なのです。俳句の根源に季

少年のゆびに撃たるる揚雲雀《あげひばり》

滑稽句は多くの場合、季語の本意を裏切り、そこに新鮮が生じます。この句は「雲雀」の声を愛でるのではなく、少年が指をピストルの形にして撃つ真似をしたというもの。日常的にはよくある光景です。

飯食つて行方不明の帰省の子

滑稽句は哀しさが透けて見えるものです。「帰省」が夏の季語。就職や勉学で都会に出た子が里帰りすれば、両親は都会の暮らしをあれこれたずねます。が、親の心子知らずで、友人のところにでも遊びに行ったのでしょう。

人間を蹴る馬のゐて天高し

この句も裏切り構成による滑稽句です。「天高し」という広がりのある秋空はプラスのイメージですが、そこにマイナスイメージの「人間を蹴る馬」を登場させています。裏切りの危機感を冒頭に置いたのがミソ。

大根を地球と奪ひあつてゐる

滑稽とは、当人が滑稽と気づかないからこそ滑稽なのです。大根引きの風景を少し離れた位置から冷ややかに眺めるとこうなります。大根はやみくもに引っ張っても抜けません。回しながら毛細根を切りつつ抜くのです。

節のあいさつと滑稽が潜在することを、ご理解いただけましたか。

私はNHKの「俳句王国」という番組の司会を一〇年間担当しましたが、かなり早い段階で、番組に登場する俳句に「可笑しい」が不足していることに気づいていました。番組の司会を辞めてから、私は「失われた滑稽」を「俳句に取り戻す」活動を始めました。

まず月刊俳句総合誌『俳壇』に、滑稽句の投句欄「微苦笑俳壇」を創設し、私が選者になりました。その六年間に掲載した一五〇〇句を集めて、『平成の滑稽』という句集を出版しました。滑稽俳句集の出版は、明治三四年（一九〇一年）に佐藤紅緑《こうろく》が編んで以来、何と一〇七年ぶりのことなのです。またこの出版にあわせて「滑稽俳句協会」を創設し、私が会長となりました。

滑稽俳句協会を創立直後、全国の俳句結社の主宰に「秘蔵の滑稽句」を出してほしいと手紙を書いたところ、「実はこんな作品を作っていました」と送られてくるようになりました。今後が楽しみです。

「可笑しい」を発見して滑稽句を作ってみよう

さて滑稽句の作り方ですが、これは特別に「決まり」があるわけではありません。

拙句を例にとって、体験的に言えば……。

①正直であること

泥棒の目つきで見上げ熟柿《じゅくしがき》

…おいしそうに熟しているので、ひとつ欲しいなあと思ったわけです。

②擬人化による可笑しさ

失踪の前歴のある兜虫

…失踪や前歴という言葉には、ただならぬ人間臭があります。

③誇張による可笑しさ

舗装路を新品にして喜雨《きう》あがる

…単に雨できれいに洗い流されただけなのを大げさに表現しました。

④エロチシズム

秋田小町コシヒカラセて稲を刈る

…言葉遊びながら「艶」の存在が可笑しさをよびます。

⑤構成に裏切りがある

はきはきと口答えして入学児

…働くのはいやだ遊んで暮らすなどと、はきはき言われると、つい失笑してしまいます。

この五項目のほかにも「言葉遊びの可笑しさ」など、滑稽句の定義のようなものはさまざまありますが、やはり何より「可笑しい」の発見が必要です。

ほかの句もご紹介しましょう。〈二分咲きか三分咲きかをあらそへる〉は、桜の開花状況を言い争っている風景。〈襖四枚どこかへ隠し夏座敷〉は、散らかした家が想像できて可笑しいものですね。

蝉殻をぬぎつつあればセミヌード

機智俳句。セミがヌードになるからセミヌードという単純な地口（言葉遊び）の句ですが、まがりなりにも英語を使っているところがミソでしょう。これも裏切り構成で、句の後半でセミヌードと艶っぽく落としています。

一〇七年ぶりの滑稽句集『平成の滑稽』

佐藤紅緑の『滑稽俳句集』以来、一〇七年ぶりの滑稽句集となる『平成の滑稽』は、月刊『俳壇』に連載している、八木先生が選者を務める「微苦笑俳壇」に掲載された一五〇〇句を集めた句集です。また、出版にあわせて八木先生が会長となって「滑稽俳句協会」を創設。滑稽句を発表する場を作り、滑稽句を後世に引き継ぎ、滑稽・滑稽句について追求考察するなどの活動がスタートしました。

滑稽俳句協会の活動内容などはホームページでご確認ください。

http://www.kokkeihaikukyoukai.net/

可笑しい句が満載の『平成の滑稽』（1,500円／別税／本阿弥書店）

第二章

まずは一句 俳句を作ろう

はじめて俳句を作る人も、俳句歴の長い人も、
知っておきたい良句作りのポイントをご紹介。
題材選びから気をつけたい俳句の禁じ手まで、
名句を例にとってやぎけん先生がやさしく解説します。
さらに愛媛大学生の俳句の添削で、
実例をもとにわかりやすく説明しています。

やぎけん流★

実例で学ぶ簡単作法①▼写生

「写生」と「説明」はこう違う

絶壁に眉つけて飲む清水かな　松根東洋城

句のポイント 写生

一読して水の冷たさとおいしさが伝わってくる句です。岩清水ののどの渇きをうるほせる……などとしたら、これは単なる説明になってしまいます。説明と写生の違いを解説するには格好の句。「眉つけて飲む」に、実景の強さがあります。

感動を具現化し描き出す「写生」

俳句を作る際の方法に「写生」があります。写生といっても、俳句のそれとスケッチのそれは、かなり意味が違ってきます。

俳句における「写生」とは、自分の目の前にあるものや、自分が詠もうとする対象をしっかりと見据え、感じたことや心を動かされたことを、自分の言葉で写し取って俳句にするということです。つまり、題材の内面に込められた本質までをも描くことだといえるでしょう。

俳句の世界で、はじめに「写生」ということを言い始めたのは、近代俳句の父といわれる正岡子規でした。俳句革新運動派の子規は、明治時代、西洋から入ってきたリアリズムを俳句に取り入れることで、月並俳句（芭蕉以来の伝統重視派）の陳腐さを改革しようとしたのです。

そして子規の考え方を受け継いだ高浜虚子は、「俳句は客観写生にはじまる」と述べています。ここで虚子が言った客観写生とは、感動を直接に表現するのではなく、感動の中心を具体化し、単純化して描き出すということです。

しゃぼん玉無邪気にとばす子ども心　中村健太

▼

しゃぼん玉追ひかけとびつき子どもたち

原句にある「子ども心」は、しゃぼん玉を無邪気に飛ばす……の説明です。また「無邪気」も説明的、修飾的で具体性がありません。目の前の光景を写生しましょう。どう無邪気なのか、その姿や動きを観察しましょう。添削句では、子どもたちの生き生きした姿を描写することで、「無邪気さ」が鮮明に伝わってきます。

しゃぼん玉小さく低く浮いている　二井矢亮

▼

しゃぼん玉ふはふは地面すれすれに

この原句も、しゃぼん玉の状態の説明でしかありません。しゃぼん玉の動きの写生をしましょう。添削句では、「浮いて」を「ふはふは（ふわふわ）」という表現で具体性をもたせました。また「低く」は「地面すれすれ」という言葉で、低さの程度をあらわしてみました。「小さく」は必要ないでしょう。

間違えがちな説明と写生の違い

俳句を始めたばかりの俳人一年生たちは、俳句講座などで句の講評や添削指導を受けたとき、「説明的だ」と指摘されることが少なくないでしょう。実はその句は俳句の「写生」ではなく、見たものを見たまま「説明」した句でしかないからです。

たとえば歌人の吉野秀雄は、写生について、「正しく観ること、正しく感じること、正しく表現すること」と三点を挙げています。言い換えれば、まず写生をするときには、題材となる対象のイメージにとらわれず、素直な心でよく見ること。そしてそこで感じたことを、自分の言葉で表現する。それが、俳句における「写生」なのです。

そこで大切なのは、見たままだけでなく、頭の中に浮かんだものも「写生」すること。感じたままを「写生」すると誇張になることもありますが、それは大げさに言うということではありません。感じたままを興味深く写し取っていくことです。

やぎけん流★

実例で学ぶ簡単作法② ▼題材

毎日の暮らしは題材の宝庫

私たちの生活や周囲をよく見回してみると、これが実に俳句の題材に満ちているのです。題材は、日常のどこにでもあるもの。たとえばサラリーマン夫婦の冬のある日を俳句で詠んでみると……。

今日一日を俳句で詠んでみよう

朝の食卓　夫

寒い朝
一品おかず
減るならひ

句の情景

寒い冬の朝は、妻もなかなか布団から出られないことが多い。今日も急いで朝食の支度をしたらしく、またおかずが一品ほど少ないようだ。……ま、いいか。

朝の情景だけを見ても何かしら発見がある

人は毎日同じような生活をしているつもりでも、季節や時間の経過とともに、少しずつ変化のある毎日を送っています。朝、目覚めてから眠りにつくまで、たとえば夏と冬とでは、家の様子や屋外の景色、そして自分の行動も違うことでしょう。つま

朝の玄関 夫

マフラーの巻きかた案外難しい

句の情景

コートを着てマフラーを巻こうとするが、なぜだかうまく巻けない。マフラーって案外、巻き方が難しいんだよなぁ……と、気づいた朝だった。

昼間・外出先で 夫

手袋の握手するほうだけを脱ぐ

句の情景

仕事で外出した先で知り合いにばったり。話が弾み、握手で別れようとしたら、寒風の中だけに互いに握手するほうの手袋だけをはずしたのが、妙におかしかった。

り毎日の生活を意識して見れば、そこには必ず何かしら発見があるはずなのです。

春の朝、なぜか眠気がなかなか去ってくれない、と思ったことはありませんか。初夏の朝なら、窓から差し込む陽の光がずいぶん明るいな、と気づいたことがあるでしょう。そして冬の朝、「布団が自分を放してくれないんだ!」と、起こしに来た母に言い訳したことがあるのでは? 朝という時間だけでも、俳句の材料はこんなにあるのです。

イラストのサラリーマンの俳句をもう少し見てみましょう。

〈焼き魚冷めてしまひぬ冬の朝〉
〈ごはん味噌汁湯気をたてゐる冬の朝〉
〈コーヒーを啜《すす》る仕事始めの朝〉

冬の朝の食卓と、新年の仕事始めの日の光景を詠んだ句です。食卓は、生活のにおいが強く出る場面ですから、俳句に詠みやすい題材です。また特別な日の朝は、ふだんと違う心の動きが俳句に詠みやすいといえます。

夜・仕事を終えて　夫

ひとつづつ
誰か消しゐる
夜業の灯

句の情景
北風の吹くオフィス街。残業して会社を出ると、周囲のビルの窓の灯りがひとつ、またひとつ、と消えていった。みんなもこれから温かい家庭に帰るのだろう。

夜の食卓　夫

口中に
くだけて熱き
湯豆腐よ

句の情景
寒風の中を帰宅すると、食卓には湯気を立てた湯豆腐があった。あつあつの湯豆腐を口に含むと、残業の疲れも、寒い道を歩いた体の冷えも癒されるなあ。

サラリーマンの日常も気づけば俳句になる

会社員としての生活も、俳句の題材には事欠きません。朝、駅へ向かう道で見かける風景で、気になっていることはありませんか？　駅や電車の中はどうでしょう。同僚や上司などの様子にふだんと違うところはないですか？　仕事中はじっくり観察する余裕はないでしょうが、ふとした「気づき」があれば、それはそのまま俳句になるのです。仕事帰りの仲間との息抜きも俳句の題材になります。

一日の仕事を終えたら、誰もが帰宅の途につきます。独り暮らしの人なら、迎えてくれる相手のいない淋しさを詠むか、あるいは気楽な独身生活を可笑しい俳句で表現してもおもしろいでしょう。家族が待っている人なら、家路へ急ぐ（あるいは急ぎたくない？）気持ちを素直にあらわせばいいのです。

夜のバスルーム　妻

寒灯や脱ぎしかたちにシャツ置かれ

句の情景

寒い夜、夫は大急ぎで服を脱いで湯船に飛び込んだみたい。浴室のドアの前には、脱いだ形のままにシャツが残っている。……今日も、お疲れさまでした。

特別な日　年末にお買い物　妻

歳末の玩具売り場の子をはがす

句の情景

年末のある日、親子三人で買い物へ。思ったほどボーナスが出なかったから、無駄づかいはできないわ。おもちゃを欲しがる子どもは、問答無用で連れ帰ろう。

人の暮らしのすべてが俳句の題材になる

帰宅してからも、自分や家族の動きをよく観察してみましょう。夕食後の家族団らんや、妻が寝入ったあとの内緒の一杯など、眠りにつくまでにも、さまざまなことがあるはずです。

〈エアコンのＯＮＯＦＦ遂に朝となる〉

寝苦しい熱帯夜、エアコンをめぐる夫婦の闘いでしょうか。四季がはっきりしている日本では、服装や小物、食べ物など、季節感をあらわすアイテムが豊富にあります。そうしたアイテムを使えば、生活感豊かな句が次々とできてしまうものです。

さて、日常生活と少し離れた特別な日というのも、俳句の題材にはもってこいです。

〈金魚鉢どうする金魚すくったが〉

夏祭りの金魚すくいでは、皆さんもこんな思い出があるのではないですか。

▼題材

題材はこうして見つける

自然の風物を詠む

俳句の題材として、もっとも身近にあるものが「自然」。俳句に欠かせない季節感を上手に取り入れるためにも、四季を映し出す自然はよく観察したいものです。

まずは、身近な自然を探しましょう。家から見る山や川、森。いつも散歩をする道端の樹木や草花。朝の太陽の光や、夕暮れの空……。身の回りは自然という題材の宝庫です。その景色を、毎日興味をもって観察すると、何か発見があるはず。日本には四季があります。一本の木でさえ、一年でその表情はさまざまな変化を見せてくれるはずです。

谺《こだま》して山ほととぎすほしいまゝ

杉《すぎ》田《た》久《ひさ》女《じょ》

句の解釈

この作者は山中にいて、ほととぎすの声の谺をむさぼっているのです。俳句の中で自然を描くのは、自然に感動するからです。その感動を句であらわすには、そのときの作者の位置を明確にし、どのように感動したのかも書いたほうが読者は理解しやすいでしょう。

街の風物を詠む

自分が暮らす街や、そこで行われる行事も身近な題材のひとつです。題材探しには、通勤や買い物の時間も貴重なひととき。ボンヤリせずに「今日は何が見つかるかな?」と積極的に町を観察し続ければ、昨日とは違う何かを発見できるでしょう。

季節ごとに行われる「田植え」「運動会」「お祭り」といった行事を取り上げるのもいいものです。自分が暮らしている街だからこその季節感や、臨場感あふれる俳句が生まれます。商店のご主人や元気な子どもたちなど、街で生活する人々も大いに取り上げ、生き生きと描きましょう。

句の解釈

路面電車の始発駅。作者が乗るとすぐに車内灯がつきました。まるで乗客を待っていたかのように。秋は暮れ急ぐから、たったひとりの乗客を照らし出す車内灯は眩しいほど。突然の明るさにとまどう孤独な少年が句の中にいます。

乗りてすぐ**市電**灯《あかり》ともす秋の暮《くれ》

鷹羽狩行《たかはしゅぎょう》

気象・天候を詠む

遠雷やはづしてひかる耳かざり

木下夕爾《きのしたゆうじ》

句の解釈

遠くで雷がゴロゴロ鳴っているのは不安なものです。あっという間に近づいてくるかも知れません。この句に描かれた耳飾りをつけた女性は、金属を身につけていると危険だからと、耳飾りをはずしたのです。「大丈夫ですよ」と男が言い、「怖いわ……」と女性が言ったのでしょうか。

気象や天候は季節感を表現するのに欠かせません。季語には天候にちなんだものが多く、たとえば雨は「春雨」「夕立」「時雨」などの言葉で季節感が繊細に表現されています。

こうした季語を効果的に使うために心がけたいのが、日頃から気象の微妙な変化を感じとることです。季節で違う雲や風、一日の中で変化する空や太陽の様子。よく晴れた日でも、季節ごとに晴天のイメージは異なりますし、「歳時記」を見ればそれをあらわす季語もたくさん見つかります。また虹や蜃気楼、露といった気象現象も意識してみましょう。

食べ物を詠む

目には青葉山ほととぎす初鰹
山口《やまぐち》素堂《そどう》

生活のさまざまな場面に登場する食べ物は、俳句にとって実に自在に使える題材です。雛あられ、若鮎、干し柿、おでん……、食べ物を題材にすると、読み手にもスムーズに季節感を伝えることができます。ある場所でとれる特有の食べ物を取り上げれば、産地そのものを表現することもできます。また旬の食べ物を口にしたときの感激も読者の共感を得やすいでしょう。調理法や盛り付け、色や香りなど料理全体を観察して俳句に詠み込めば、表現に深みが出てきます。まずは好きな食べ物のことから気軽に書いてみましょうか。

句の解釈

「青葉」「ほととぎす」「初鰹」と夏の季語を三つ使っている「季重なり」の句ですが、同じ季節で、中心になる季語が明確ならば、季重なりでもよいのです。中心の季語は「初鰹」。瑞々しい青葉を目の前に、ほととぎすの声を聞きながら初鰹を食べているのです。

身の回りの道具を詠む

俳句の題材は、自分の身の回りにもたくさんあるものです。眼鏡や腕時計、携帯電話といった普段の生活に欠かせないグッズ。装いのための着物や化粧品。あるいはカメラや包丁、車といった趣味にちなんだ愛用品。そんな自分ならではの道具を一度じっくり見つめてみましょう。どんなときに、どんなふうにそれを使っているのか、なぜ持ち続けているのかなど、自分にしか表現できない場面が浮かんでくるはずです。

誰かのことを思い俳句を書こうというときにも、その人の愛用品をモチーフにすることができます。

句の解釈

頭を乗せている水枕の水や氷が触れ合う音は、大きく聞こえるものです。病に伏してその音を聞いた作者は、寒い海の中に放り出されたように感じたのです。その音を「ガバリ」と片仮名で書いたことで、音を強烈に演出しています。それは作者の実感。感じたままを書くのが俳句なのです。

水枕ガバリと寒い海がある

西東三鬼《さいとうさんき》

旅・非日常を詠む

日常から離れた旅先では、気持ちもリフレッシュされるもの。印象的な風景や思いがけない出会いなど、たくさんの題材が発見できます。もちろん、遠くに出かけなくても、いつもの散歩コースをちょっと変えてみるだけで、違った風景に出会えます。バッグやポケットにペンとメモをしのばせて、心に感じたことはすぐ書きとめておきましょう。

また、仲間とともに名所旧跡などを訪ね俳句を作ることを「吟行《ぎんこう》」といいます。見たものや感じたことをその場で俳句に詠む旅、ぜひ一度体験することをおすすめします。

句の解釈

解説書の多くは「季語なし」の句としていますが、「青い」に夏の季節感があります。青は濃い緑。漂泊の俳人と呼ばれる山頭火は、断ち難い煩悩から解放されようとしての行乞《ぎょうこつ》（他者からの布施を乞う・托鉢）の旅のある日、大自然の大きさに打たれたのです。

分け入っても分け入っても青い山

種田山頭火《たねださんとうか》

やぎけん流★

実例で学ぶ簡単作法③▼題材の使い方

一物仕立てととりあわせ

ひとつの題材で句を作る　一《いち》物《もつ》仕《し》立《た》て

くろがねの秋の風鈴鳴りにけり　飯田蛇笏《いいだだこつ》

句のポイント　一物仕立て

南部鉄の風鈴が鳴っています。「風鈴」は夏の季語。夏もいよいよ終わりに来た、夏果ての風鈴と考えてよいでしょう。句末の「けり」で一物仕立ての好例とされますが、「風鈴」でも軽く切って読むと句意が明確になります。名残惜しく鳴ったのです。

インパクトの強い「一物仕立て」の句

俳句の作り方には、「一物《いちもつ》仕《し》立《た》て」と「とりあわせ」の二種類しかありません。このうち、ひとつの題材だけで作られた句を「一物仕立て」と呼びます。

「一物仕立て」の句は、基本的に上五や中七などに切れ字を入れず、切れを作らないで下五まで一気に読み下すものとなります。それだけにインパクトの強い句にすることができます。一方で、題材がひとつしかないということは、より深く対象と向き合い写生する眼が必要になってきます。それができないと、「一物仕立て」の句は、ともすると説明的になってしまいます。

対象を深く深く観察して、そのものの本質をとらえ、感じたことを表現する。そうすれば、「一物仕立て」らしい、対象の核心をとらえたインパクトの強い句ができるでしょう。

ぶらんこに小さなお尻乗せている　宇田美々

▶

ぶらんこに載せて小さなお尻かな

小さな子どもがぶらんこを一生懸命に漕いでいるのでしょう。かわいらしい句です。原句は、一物仕立ての句にありがちな状況の説明に終わっています。この句のポイントは「小さなお尻」です。添削句では「乗せる」は「載せる」を使って、そのポイントを強調しました。「ぶらんこ」は春の季語です。

雪見酒初めて交わす親子酒　森川裕太

▶

父さんと初めて交わす雪見酒

作者が強調したいのは「親子酒」なのでしょうが、その言葉だけでは父親との関係が見えてきません。添削句では、「父さんと」という言葉を入れました。そこに「親子」という関係が見えますから、「親子で酌み交わす」状況もすんなり理解されます。「親子酒」を削除したことで、「雪見酒」に焦点が絞られました。

句末を「かな」で切り きっちりと響かせる

「一物仕立て」は、上五や中七に切れを作らないのが一般的ではありますが、切れがないわけではありません。たとえば松尾芭蕉の〈雪間より薄紫の芽《め》独活《うど》かな〉、小林一茶の〈若草に背中をこする野馬かな〉など、いずれも句末を切れ字の「かな」で切っています。つまり、「切れ」は句末にあるのです。また、これらの場合、「かな」で切らなくても切ることはできるのですが、あえて「かな」を使うことで、きっちりと、響いて切れているといえるでしょう。

これによって、「かな」の前の言葉が強調され、さらにインパクトの強いものとなります。このように、後で述べる「とりあわせ」の句と比べて、「一物仕立て」の句はひとつの題材を強調します。

また俳句は、「何に出会い」「どういう状態だったか」を書きとめておくものですから、「名詞止め（体言止め）」で句を作るのが基本。これがさらに題材や対象を強めるのです。

季語と別の題材を組み合わせる
とりあわせ

夏の季語
とりあわせ
題材

五月雨や色紙へぎたる壁の跡
松尾芭蕉

句のポイント とりあわせ

芭蕉がしばらく滞在した去来の落柿舎を去るに当たって詠んだ句です。かつては俳句の色紙が散りばめてあっただろう壁もすっかり色あせて、色紙を剥いだ痕跡が痛々しいほどだ、という意味。五月雨のわびしさと、色紙を剥いだ痕跡にある哀感は、直接の関係にありません。しかし「うら寂しい趣」で、地下水脈でつながっているのです。

一見、無関係な中に響き合う二つの題材

「とりあわせ」とは、二つの題材を組み合わせて詠むという作り方です。「一物仕立て」がひとつの題材だけをとらえてインパクトのある句を作り出すのに比べ、二つの題材を組み合わせる「とりあわせ」は、より深みや広がりのある句を作り出すことができます。

例句に挙げた、〈五月雨や色紙へぎたる壁の跡〉（松尾芭蕉）や、〈おそるべき君らの乳房夏来る〉（西東三鬼）をよく見てみましょう。これら「とりあわせ」の句は、「五月雨—壁の跡」、「夏来る—乳房」というように、いずれも季語と、季語とは一見関係ないようなことがらが組み合わされています。

ですから、季語をA、それ以外をBとすると、AとBには直接の関係はありません。しかし、地下水脈でつながっているように、どことなく感じるつながりや、「響き合う」何かを感じさせるのです。そして句全体で、独特の雰囲気や、大きな風景の広がりを醸し出しています。こうした二つの題材の相乗効果が、「とりあわせ」の魅力なのです。

「とりあわせ」では、どんな題材を組み合わせるかがポイントです。

二つの題材は、一見、無関係であれば、それだけ意外性のある句になります。しかし、まったく関係のないものを組み合わせるだけでは、意味不明の句になってしまいます。「とりあわせ」の題材探しには、ちょっとしたコツがあるのです。

●「とりあわせ」は地下水脈でつながっている 〜「下の例句」の場合では…

おそるべき君等《きみら》の乳房夏来《きた》る
西東三鬼《さいとうさんき》

題材 / とりあわせ / 季語 / 夏の季語

句のポイント とりあわせ

戦後間もない頃に作られた句です。それまでは万事控えめだった日本の女性たちも、胸元をあらわに街を闊歩するようになりました。時代の転換についてゆけない男の驚きが「おそるべき」という言葉で表現されています。強烈な夏の到来に似つかわしい光景です。

空間と意外性が生む二物衝撃の世界

ところで、なぜ「とりあわせ」をするのかといえば、俳句は一七音字しかないので、「とりあわせ」によって空間を作ることで、句の世界に広がりが生まれるからです。

たとえば「炎天」という夏の季語を使えば、夏の暑さや強い陽射し、乾いた道路などがイメージできます。つまり、季語をひとつ置くだけで、こうしたことは説明しなくても読者に伝わるのです。だからこそ、読者は季語によりその世界をイメージしますので、その後に何がつながるか期待するのです。

つまり「とりあわせ」の句は、季語Aとそれ以外の題材Bの間に空間ができ、読者はその空間に入り込むことができるのです。そこで、AのイメージとBは離れているほど意外性が生まれ、それが読者にとって衝撃となります。こうした特性から、「とりあわせ」という手法は、「二物衝撃」とも呼ばれているのです。

「天」「地」「人」でズームインしよう

直接の関係にない季語ともうひとつの題材を組み合わせる「とりあわせ」の句。これを、その季語の存在する風景としてイメージしてみると、季語の部分は絵画でいえば全体の風景です。そして、その後に続く一二音字は、その風景の一部分として鮮やかに輝き出します。

それはP８で説明している「ズームイン」の手法と同じなのです。まず季語のある大きな風景を打ち出し、続いてその中の部分的な風景を描けばよいということです。

「天」「地」「人」にたとえたズームインの手法は、大きな風景「天」から、中景の「地」へ、そして小さな対象物「人」に風景を絞り込んで描くことです。このように、風景を描いていく順番としての、「天」「地」「人」を理解しておくと、的確なズームインで、簡単に「とりあわせ」の句を作ることができます。

●「天・地・人」のとりあわせの名句

名月や畳の上に松の影　宝井其角《たからいきかく》

句の解釈　満月の光を浴び、畳の上にくっきり映し出された松の影。遠近構成の句です。「松の影」でも切れていますが、秋の季語である「名月」の力が強いから、影は名月を引き立てる役割になっています。「名月や」と高らかに詠い、それ以下はつけ足す程度に詠むと句のイメージがわかるでしょう。

小春日《こはるび》や石を噛《か》み居《い》る赤蜻蛉《あかとんぼ》　村上鬼城《むらかみきじょう》

句の解釈　「小春日」は、冬なのに春のようにぽかぽか暖かい日のことで、晩秋から初冬にかけて使う冬の季語。赤蜻蛉は秋の季語ですが、冬になって、少し弱った赤蜻蛉が石の上で羽を休めている風景を詠んだ句です。赤蜻蛉は実際には石を噛んだりはしないでしょうが、作者には石の上でじっとしている姿がそう見えたのです。

ふるさとの沼のにほひや蛇苺　水原秋櫻子《みずはらしゅうおうし》

句の解釈　「ふるさと」という大きな風景から「沼」の中景、そして「蛇苺」へズームインしています。「にほひや」の中七まで「切れ」の位置を引っ張って、沼の広がりを出しています。下五は遠近の近の景色をクローズアップ。「蛇苺」の鮮やかな赤色を登場させて、沼の臭いの強烈さを緩和させているのです。

添削例

風光るセンター試験に広がる未来　ひまわり

▼

センター試験の出来は上々風光る

「風光る」は春の季語。受験生の作者は、センター試験の結果がよかったようです。その喜びを「広がる未来」であらわしたかったのでしょうが、センター試験の結果の説明になっています。試験の出来がよかったというだけでよろしいでしょう。添削句では、句のポイントを「上々」にして、そこで切りました。

春一番ペダルふみしめおつかいへ　谷口亜樹

▼

おつかいのペダル踏みしめ春一番

春一番は強い風。その強風をものともせずペダルを漕ぐ、若々しいエネルギーに満ちた句です。「春一番」が季語のとりあわせの句ですが、下五の「〜へ」が説明的で、三段切れにも近いです。添削句では、「へ」の代わりに「の」を、また「春一番」を句末にもってきて、「踏みしめ」で切ってみました。

春暁《しゅんぎょう》や覚えぬ人の眠りゐる　山田拓郎

▼

春の昼眠りこけたる人は誰

「春暁」は春の夜明けで、まだ暗い時間帯のこと。「春眠暁を覚えず」という中国の故事成句をそのまま使っての句です。意味は、春の夜は眠り心地がいいので、朝が来たことにも気づかず、つい寝過ごしてしまうということ。しかし、昼の句にしてもおもしろい。「覚えぬ」は、「誰」としましょうか。

やぎけん流★

実例で学ぶ簡単作法④ ▼切れの型は三種類

上五・中七・下五で切る

切れ

曼珠沙華《まんじゅしゃげ》どれも腹出し秩父の子

金子兜太《かねことうた》

句のポイント 上五で切れる

上五の「曼珠沙華」で切って、曼珠沙華の生命力といったイメージを強調しています。そのイメージと腹を出して元気はつらつ遊ぶ野性的な秩父の子が、「エネルギーに満ちている」ことでつながっている、とりあわせの句です。いまや俳壇の高峰を極めた、豪快な金子兜太自身の子ども時代と考えるとわかりやすいでしょう。

切れの位置で見ると俳句の型は三種類

「切れ」の型は、基本は三種類あることがわかります。ひとつは「初句切れ」といわれる型。〈●●●●●／●●●●●●●●●●●●〉と、最初の五音字で切れ、次の一二音字とつながるものです。例句のように、「曼珠沙華」という名詞で切れていたり、あるいは「や」「かな」など上五に切れ字があるものです。

次が中七で切れる「二句切れ」で、〈●●●●●●●●●●●●／●●●●●〉と、一二音字＋五音字になっているもの。例句は、下五の「浮御堂」の直前、中七で切れがあり、浮御堂の美しさを強調しています。

さみだれのあまだればかり浮御堂《うきみどう》　阿波野青畝《あわのせいほ》

切れ

句のポイント　中七で切れる

下五の「浮御堂」の前で切れることで、五月雨に濡れた浮御堂の美しさが際立っています。琵琶湖の中に建つ浮御堂は、近江八景「堅田《かただ》の落雁《らくがん》」で知られています。寺名を海門山満月寺といい、平安時代、恵心僧都が湖上交通の安全と衆生救済を祈願して建立したと伝えられる禅寺。浮御堂の山門のそばには青畝の句碑が建っています。

そして、〈●●●●●●●●●●●●●●●●●〉と、一七音字の最後に切れがある「下五での切れ」の型です。例を挙げましょう。

〈いくたびも雪の深さを尋ねけり〉（正岡子規）

三つの型には、それぞれ独特のリズムがあり、また強調や句全体のイメージの広がりなど、読み手に与える印象が違ってきます。自分のイメージを表現するのには、どの型がぴったりくるのか、切れの位置をいろいろ変えてみるとよいでしょう。

有名な句に見る「切れ」の例外

俳句に「切れ」はひとつが原則ですが、実は例外もあります。P56の中村草田男の〈降る雪や明治は遠くなりにけり〉などです。この句は、上五の「降る雪や」で切れ、下五の「なりにけり」でもう一度切れています。明治という時代の重さと、それがいま降る雪にかき消されそうだと強く感じたことを同じ比重で強調したかったのです。この句では、二つの切れが効果的に使われていますが、あくまでも例外と覚えておきましょう。

添削例

通せんぼ蟻の渋滞つくる指　赤嶺久美子

◀

通せんぼの指に渋滞蟻の列

原句は上五の「通せんぼ」でいったん切れてはいますが、下五に「つくる指」とあり、そのまま読むと「指」に中心を絞った句になっています。この句はアリが渋滞していることを言いたいのですから、中七の「渋滞」で切りましょう。添削句は「通せんぼの指」「指に渋滞」と句またがりにもなっている句です。

型の例外

定型や季語にこだわらない

自由律俳句

咳をしても一人　尾崎放哉《おざきほうさい》

句のポイント　自由律

この句の前に「日輪暗むまで」というフレーズがあったものと思われます。それを入れると一八音字になっています。自由律とされていますが、定型句が進化した句だと考えた方がよろしいでしょう。この句を詠んだとき放哉は、四国の小豆島・南郷庵（みなんごあん）に住んでいたが、失意のうちに病死しました。

心の叫びを書き留めた自由律俳句の世界

俳句には一七音字や五七五、季語を使う、あるいは切れがあるなど、さまざまな決まりごとがあります。一方で、こうした決まりごとから外れた俳句に、自由律俳句や無季俳句と呼ばれるものがあります。

自由律俳句とは、季語の有無や定型にこだわらない俳句のことで、代表的な俳人として尾崎放哉や種田山頭火が有名です。

放哉の句なら、例句に挙げた、〈咳をしても一人〉のほか、

〈入れものがない両手で受ける〉

〈こんなよい月を一人見て寝る〉

などが知られています。

山頭火は放哉と同じ荻原井泉水の門人であり、二人とも酒で身を持ち崩し、漂泊の旅をしながら句作を続けた点など、その生涯には共通点があります。しかし作風は、放哉の句が「静」であるのに対し、山頭火は「動」であると言われます。

〈分け入つても分け入つても青い山〉

〈うしろすがたのしぐれてゆくか〉

などが山頭火の代表句ですが、五七五を無視しており、季語もありません。

放哉や山頭火が詠んだ自由律俳句とは、定型や季語を超越した俳句といえるでしょう。もちろん放哉も山頭火も、はじめは定型の俳句を詠んでいました。しかしそれに飽き足らず、自由律の世界へ入っていったのです。彼らの自由律俳句は、平成のいま読んでも、とても前衛的に思えるかもしれません。しかし作者である放哉や山頭火にしてみれば、ごく

鉄鉢《てつぱち》の中へも霰《あられ》

種田山頭火《たねださんとうか》

句のポイント **自由律**

この句の前に仏教の言葉「放てば手に満てり」をつけると、「中へも」の意味がわかりやすくなります。捨てなさい、物欲から解放されなさい、そうすれば自然に手の中に入ってくる、ということです。

自然な形であり、思わずあふれ出た心の叫びを書き留めたものだったといえるでしょう。

強烈なテーマなら季語のない句もある

自由律俳句は、ともすると破調の句と混同されることがあるかもしれません。しかし破調は、あくまで定型内で行われる変則の句であり、自由律俳句は定型の外に存在するものです。心の思うまま、自由に書き留められたものなのです。

また同じく定型をはずれた俳句の形に、無季俳句があります。これは、俳句の決まりごと三兄弟のひとつ「季語」がない、あるいは有季と認められるような季感のない句です。たとえば戦争や生死に関わるようなことなど、とても強い衝撃や鮮明なイメージを詠み手に訴えたい場合、季語を必要としないことがあります。「結婚」や「死別」など、人生における大きな出来事を詠む場合も同様です。このように作者にとって大きなテーマを句にする場合は、あえて季語を入れないこともあるのです。

生き方も定型に収まらない 行乞の俳人・種田山頭火

山頭火の本名は種田正一といい、明治15年（1882年）、現在の山口県防府市の大地主の家に生まれました。しかし少年期に母が自殺、父は放蕩三昧という家庭に育ちます。成長して早稲田大学に入学するも、酒に溺れる生活と神経衰弱のため中退。実家に戻り、家業を手伝う中で俳人・荻原井泉水の門下となります。しかし父親の放蕩と自身の酒癖が原因で家業は破産。熊本市に移住するも、酒と俳句に浸りきる生活は変わりませんでした。

そして44歳で出家。翌年には雲水姿で托鉢行脚の旅に出ます。その後8年間、行乞（托鉢で生活の糧を得ること）しながら句作の旅にありましたが、ときには酒を飲んで馬鹿騒ぎをするなど、自由奔放な姿をさらしています。そして昭和15年（1940年）、松山市の「一草庵」で、その波乱の人生を閉じたのでした。

やぎけん流★

実例で学ぶ簡単作法⑤ ▼決め技三種

瞬間・誇張・擬人化を使え！

秋雨の瓦斯《がす》がとびつく燐寸《マッチ》かな　中村汀女《なかむらていじょ》

句のポイント　**瞬間**

燐寸と書いて「マッチ」と読みます。瓦斯は「ガス」。しとしとと秋雨の降り続く時期。現代のように自動着火機能のないガス台は、マッチで火をつけていました。湿って着火しにくくなっていたマッチなのに、発火と同時にガスが飛びついたのです。生き物のような火の動きに驚いたのです。

「瞬間」から生まれるドラマと詩情

俳句の決め技の第一は、「瞬間を描く」ことです。俳句は「言葉のスナップ写真」だということは、すでに説明していますが、スナップ写真という言葉には、「瞬間を描く」という、俳句の作り方とその本質が同時に含まれているのです。

たとえば〈風やんでをりぼうたんゆれてをり〉（八木健）という句。

ここでは、つい先ほどまで強い風が吹いていて、いまは止んでいます。しかし牡丹（ぼうたん）は、さっきまで吹いていた強い風を受けて、まだ揺れています。つまり風の止んだ瞬間をとらえて描いているのです。

瞬間をとらえることで、ある情景で複数の句を作ることもできます。たとえば、〈男と女菜花畑《なばたけ》にわけ入れり〉。次に〈男と女菜花畑をゆらしをりにけり〉。そして、〈男と女菜花畑を出でにけり〉。いささか思わせぶりな句ですが、このように、瞬間瞬間を描くことで、三つの句ができます。

つまり、「瞬間を描く」ということによって、そこにドラマが生まれ、読者の想像をかきたてながら、詩情を表現することができるのです。

日盛《ひざか》りに蝶のふれ合ふ音すなり
松瀬《まつせ》青々《せいせい》

感じたままを詠めば「誇張」が詩を生む

決め技の二つ目は「誇張」です。実は、感じたままを写生すると、自然に「誇張」されるのです。たとえば、〈海原をもちあげてゐる鯨かな〉（八木健）。実際には海原の一部が盛り上がっているのであり、鯨が持ち上げているわけではありません。しかし、海原が盛り上がっている、では理屈です。そこには「詩」がありません。本当に鯨が海原を持ち上げているように感じたその感受性が、詩の心につながるのです。

一方で、主題を強調するための「誇張」もあります。〈恋猫に包囲されたる一軒家〉（八木健）。発情期の猫の声は「猫の恋」や「恋の猫」といって春の季語です。猫たちのあられもない声に包囲された感じを出そうと、実際にはマンションでも、一軒家と「誇張」してよいのです。

さらに「誇張」を進めて、「作りごと・フィクション」を効果的に使うこともできます。〈蛸壺やはかなき夢を夏の月〉という芭蕉の句。科学的に考えると、蛸は夢など見ません。ですからこれは、明らかに「作りごと・フィクション」ですが、ここに可笑しさや詩があるのです。

「誇張」や「作りごと・フィクション」ということは俳句を作る時点で考える必要はありません。理屈で考えることなく、自分が感じたままを表現していけばよいのです。

句のポイント **誇張**

この句の季語は「日盛り」で夏。句の前書きに「庭前」とある作品ですから、実際に作者が目の当たりにした風景の写生です。しかし、「蝶のふれ合ふ音」は、実際には人の耳に聞こえない、感覚的な世界。それが聞こえてしまうのが詩の心なのです。青々は子規に師事しましたが、二人の句風は対照的です。

やれうつな蝿が手をする足をする
小林一茶

句のポイント　擬人化

「やれうつな」と蝿に言わせている、蝿を擬人化した句です。うるさい蝿を打つ（叩く）ことは当たり前の世の中で、人がこのようなことを言えば非難されかねません。だから「蝿が手をする足をする」ではないか、両の手足をすり合わせて命乞いしているようではないか、と読者を説得しているのです。

「擬人化」とは対象に同化すること

俳句の決め技三種の最後は「擬人化」です。「擬人化」というと、写生する対象を人間扱いすることだと思うでしょうが、違います。俳句における「擬人化」とは、自分自身がその対象と同化することです。

たとえば、大きな桜の木を写生の対象にするなら、その木に自分自身がなってしまう。風もないのに、ちらほらと花びらが散っています。桜の木になった自分は退屈をしているから、花びらを二三弁散らしてみたのです。そこで、〈二三弁散らし退屈の桜の樹〉の句ができました。

このように、「擬人化」とは、詠み手が対象物に同化することで、物や動植物の動きを、まるで人がしているように表現することなのです。

何かを感じるまで対象物を凝視する

「擬人化」のコツは、対象物から何かを感じるまで、しっかりと凝視することです。桜の木を凝視してみましょう。幹はどんな様子ですか？　枝振りはどうですか？　花はどのくらい開いていますか？

そして、自分が桜の木なら、満開の花の下で宴会をしている様子をどう見ますか？　その宴会で広げられた弁当に何かいたずらしたくなりませんか？

このように対象物を凝視し、自分自身が対象になりきって「擬人化」してみれば、可笑しさのある、いきいきとした句が生まれるのです。

添削例

桜散り緑が芽生え夏になる　松浦尚輝

▶

いつの間に夏少年老い易く

原句は、桜が散る→緑が芽生える→夏になる、と経過の説明になっています。俳句は瞬間を詠むものです。ここでは、いまは「夏」なんだと気づいた瞬間を詠んでみましょう。添削句では、いつの間にか気づいたら夏になっていた、季節の移り変わりの早さにとまどう心を表現しました。

春の日は時間がゆっくり流れます　赤嶺久美子

▶

しばらくは時間のとまり春の昼

口語俳句ですが、「は」「ます」は散文的になるので避けましょう。原句では、春ののどかな日和を「ゆっくり」という言葉であらわしていますが、ここは誇張してより効果的な表現にしてもよいでしょう。添削句では、「ゆっくり」を「とまり」と表現しました。

しゃぼん玉大きく膨らみ大空へ　里村雄大

▶

しゃぼん玉大きく膨らみ空めざす

擬人化するなら徹底しましょう。原句では、しゃぼん玉に同化した作者は「大空へ」飛んでいく……と、漠然とした姿を描いています。擬人化の徹底とは、対象物の行動を具体的に表現すること。「大空へ」ではなく、「空めざす」と対象物になりきった自分の意志を示すなど、具体的に書きます。

やぎけん流★

実例で学ぶ簡単作法⑥▼禁じ手

初心者が気をつけたいポイント

俳句作りの秘訣　八つの禁じ手を覚えよう

ここまで、俳句を作る第一歩としてさまざまな実例を見てきました。そこでこの章の最後の簡単作法として、俳句を作る際の「禁じ手」を紹介します。とくに初心者が陥りやすい八つの禁じ手をまとめました。

これから俳句を作ろうとしている矢先に禁じ手と言われると、なんだか難しそう、理解できるかしらと感じる方もいるかもしれませんが心配なく。どれも、難しい理屈はありません。表現したいことがキチンと詠まれている、完成度の高い俳句を作るための「虎の巻」として、じっくり目を通してみてください。

●よい俳句にするために注意したい八つの禁じ手

- その一　三段切れはダメ
- その二　切れ字は二つ以上使わない
- その三　季語は二つ以上使わない
- その四　動詞は二つ以上使わない
- その五　助詞「が」「は」「て」「も」「に」はなるべく使わない
- その六　修飾語はなるべく使わない
- その七　擬態語・擬音はなるべく使わない
- その八　「ごとく」「ように」はなるべく使わない

禁じ手一　三段切れ

俳句の型は、最初の上五か途中の中七、あるいは最後の下五のどこか一カ所で切れるものです。一句の中で強調する部分はひとつ。これをはっきり決めて、切れを使って表現するのが俳句です。

ところが俳句を始めたばかりの人は、句の中心を絞れず、一句になんでも詰め込みがち。その結果、上五、中七、下五の三カ所すべてを切ってしまうことがあります。これが禁じ手の「三段切れ」。結果として、どの部分をいちばん強調したいのかがわからない句になってしまいます。

また三段切れの上五・中七・下五をA・B・Cであらわしてみると、C・B・Aという組み合わせも可能になり、その場合句の解釈がまったく違ったものになるという、困った状況になってしまいます。

俳句では季節を賛美することが多いですから、季語の部分で切れを作るのがいいでしょう。名句の多くが上五の季語で切っているというのもそういう理由からなのです。

三段切れの句は、三文節を入れ替えても成り立ってしまう

春の風／土手崩れをり／蕗《ふき》の薹《とう》
↔
蕗の薹／土手崩れをり／春の風

秋の風／河原の小石／子らの声
↔
子らの声／河原の小石／秋の風

ワンポイントMemo

しかし、三段切れの名句もある

句にまとまりがなくなる三段切れでも、例外的に名句があります。〈目には青葉山ほととぎす初鰹〉（山口素堂）。この句は一見三段切れのように見えますが、全体はやわらかくつながっていて、大きくは「ほととぎす」で切れています。目には青葉が見え、ほととぎすの声が聞こえてくる中で初鰹を食べている様子を、まるで極楽のようだと、その感激を詠んだ句です。三段切れを気にせずに素直に感情を表現したことで、その場面や作者の心の動きが読み手に伝わった例です。

禁じ手二

切れ字が二つ以上

切れ字は、その前にある言葉を強調し、それが句の中心であることを示します。強調や疑問、詠嘆、余韻、視覚的・聴覚的効果といった働きもあります。切れ字は全部で一八ありますが、主に使われるのは「や」「かな」「けり」の三つ。句の中では一カ所だけに使うのが基本です。

これを【●●や◎◎◎◎△△かな】と二カ所に使うと、強調したいのが●●と△△のどちらなのかわかりません。中心となる切れ字を一つに絞ることを心がけましょう。

もちろん例外もあります。〈降る雪や明治は遠くなりにけり〉（中村草田男）には、「や」と「けり」が使われていますが、これは雪が降っていることも、明治が遠くなったことも、どちらも強く言いたかったから。また、〈春や昔十五万石の城下かな〉（正岡子規）でも、目に映るすべてが春ということと、この景色が十五万石の昔からあるということ、その両方の詠嘆になっているからです。

切れ字が2つ以上ある句は、句の中心がぼやける

たんぽぽや黄色く輝く宝石かな　秋山尚徳

切れ字

▶ たんぽぽは黄色く輝く宝石だ

「や」「かな」と切れ字が二つあります。強調したいのが「たんぽぽ」なのか、「宝石」なのかあいまいです。「や」も「かな」も使わずに、作者が感じたことをそのまま句にしてみましょう。

麗しや山の電飾蛍かな　大谷光彦

切れ字

▶ 里山の電飾蛍の明滅は

「麗しや」と、修飾語を使って説明しないように。「電飾」ということを句のポイントにするためには、句末の「かな」も不要です。

葉桜や駆け抜けていく園児かな　赤瀬理奈

切れ字

▶ 葉桜を駆け抜けてゆく園児かな

「や」「かな」の切れ字の前の言葉は、句の中で強調されます。二カ所の強調は、句のポイントが分散してしまいます。この句で強調したいのは「葉桜」ではなく、元気いっぱいの「園児」でしょう。

禁じ手三 季語が二つ以上

俳句は一句一季語が原則です。ひとつの句に季語がいくつも入っているのは「季重なり」と呼ばれる、俳句の禁じ手です。ひとつの句の中に二つ以上の季語が存在すると、それぞれの季語の働きが弱くなり、作者が何を伝えたいのかがあいまいになってしまうのです。

たとえば〈桜散り入道雲が告げる夏〉（玉光真一）の句は、春の季語「桜散る」と、夏の季語「入道雲」「夏」の三つの季語があります。季節の異なる複数の季語が入っていると、季節の移り変わりの描写になり、伝えたいものがわかりにくい経過説明の句になってしまいます。

ただし、例外もあります。使っているのが同じ季節の季語で、どの季語が中心的な存在なのかが明確になっている場合。たとえば〈目には青葉山ほととぎす初鰹〉の句は、「青葉」「ほととぎす」「初鰹」と三つの季語がありますが、中心となる「初鰹」が強く出ているのでよいわけです。

季語が2つ以上あると、伝えたいことがあいまいになる

桜散り新緑はえる季節かな 大田靖子

（桜散り：春の季語／新緑：夏の季語）

▶ **風景や新緑色に塗り替えし**

「桜散る」は春の季語、「新緑」は夏の季語で、季節の異なる季語が二つ入ってしまいました。桜が散る（春）→新緑（夏）で、経過説明になっています。緑に変わった景色を強調する表現にしましょう。

鼻水と咳に苦しむ春かな 枝広達也

（鼻水・咳：冬の季語／春：春の季語）

▶ **水洟《みずっぱな》ずるずるずるずる春なのに**

鼻水・咳はともに冬の季語です。同じ季節の季語なら使ってもよい場合はありますが、この句ではどちらかでよいでしょう。「苦しむ」はいわずもがなの言葉です。具体的な状態を写生しましょう。

砂浜に落ちる流星蛍かな 林 維青

（流星：秋の季語／蛍：夏の季語）

▶ **流星の化身のホタル掌《て》に這《は》はす**

「流星」は秋の季語、「ホタル」は夏の季語です。一句に季節の異なる季語を使うと混乱します。しかし、流れ星がホタルになったとすれば、ロマンに満ちた想像力あふれる句となりますね。

禁じ手四

動詞が二つ以上

俳句は、何かにインパクトを受けた瞬間を詠むもの。それは、ここぞという一瞬にカメラのシャッターを押すのと同じことです。表現しているのは一場面。そこに動詞が二つ以上あると瞬間ではなくなり、感動の中心がぼやけてしまいます。

たとえば「運動会で転んで泣きべそをかいて慰められる子」という場面には、子どもが転び、泣きべそをかき、慰められた三つの場面（動詞）が存在します。俳句作りのコツは、ここからどの瞬間を選ぶかなのです。〈転んだ子が泣きべそをかいた〉と詠んでは、経過の説明にすぎません。そこで、泣きべそをかいている瞬間を最初にもってきます。〈泣きべそをかいている運動会で転んだ子〉とすれば、その瞬間が誰の目にもはっきり浮かんできます。

俳句とは、多くを語りすぎないもの。いちばん印象に残ったひとつを最初にもってきて切る。これが、わかりやすい作り方なのです。

動詞が2つ以上あると、経過説明の句になってしまう

セミ自身燃やしつくして散っていく　里村雄大

（動詞：燃やし／散って）

▶ おのが身を燃やし尽くして落蟬《おちぜみ》よ

「燃やし」「散って」と動詞が二つ続いています。動詞はひとつにしたい。添削句では、散っていくセミを「落蟬」という季語で表現しました。また「セミ自身」は「おのが身」ということです。

てふてふ笑む広い花壇を一人占め　臼井友哉

（動詞：笑む／占め）

▶ てふてふや広い花壇を一人占め

「てふてふ」は蝶のこと。原句には「笑む」と「一人占め」と動詞が二つあります。また「笑む」は、擬人化のようにも見えますが、読者の共感を得るための説得力をもちにくいですね。

日焼けして白球追いかけ球児たち　入田未希

（動詞：して／追いかけ）

▶ 白球追いかけ日焼けの球児たち

「日焼けして」と「追いかけ」の動詞が二つ。しかし「日焼けして」の「して」を削除して「日焼けの球児」とすれば、動詞として働かなくなります。「〜して」という表現は説明的なので避けましょう。

禁じ手五

助詞・がはてもに

「○○が○○した」
「○○は○○です」

これらは何かを説明をしている文章（散文）です。ここで使われている助詞の「が」や「は」には、あるものの状態を説明する働きがありますが、俳句ではできるだけ使わないほうがいいものです。

瞬間を切り取って句にする俳句では、こうした助詞を使うと、ある出来事が起きた時間の経過や場所の説明など、状況の説明になりがち。読み手にいちばん伝えたい感動の瞬間は、あいまいになってしまいます。

助詞には、ほかに「て」「も」「に」があります。場所などを説明するときに、「に」が必要になることはありますが、できれば避けたいもの。しかし、なかには使うことでわかりやすくなる例もあります。たとえば「も」。句に「今年もおもちをつく」という言葉があれば、これが恒例行事であることが読み手に伝わるので、例外はあるということです。

助詞は本当に必要なときだけ使うようにしよう

はなちゃんも春の日差しに目を細め　黒島恵里

助詞

▶ はなちゃんの目を細める春日差し

「も」と「に」を使っているため、散文になっており、単なる状況説明になっています。季語の「春」と「はなちゃんの目」のとりあわせの句にしてみましょう。

飛ばしてもすぐにはじけるしゃぼん玉　薬師寺亮太

助詞

▶ しゃぼん玉すぐにはじけてしまひけり

「も」を使うと理屈になります。理屈は説明。また、「しゃぼん玉」は「飛ばす」ものだというのは誰もが知っています。言わずもがなの言葉である「飛ばす」は不要です。

タンポポが「私が主役だ」凛と立つ　黒田貴成

助詞

▶ 「私が主役」タンポポ凛と立ち

「が」を使うと説明になるので避けましょう。しかし同じ「が」でも、「私が主役」という口語調の表現には使ってよいでしょう。助詞は、その句に本当に必要なのかよく考えて使いましょう。

禁じ手六 修飾語

「嬉しい」「悲しい」といった修飾語の安易な使用はやめましょう。正岡子規の最大の功績にならい、俳句に写生の手法を取り入れることを心がけて、句に詠んだ場面が読み手に具体的に伝わることを考えます。

たとえば「悲しい」という修飾語だけでは、どう悲しいのかがわかりません。その場面を写生するように「涙こらえて」とか「涙こぼれおち」とすれば伝わります。「嬉しい」も同様で、具体的な表現が大切です。〈お年玉今年ももらって嬉しいな〉では、どんなふうに喜んでいるのかがわかりません。それを〈お年玉ポケットの奥深くしまいこむ〉と、嬉しさのあまりとった行動を書けば、心の動きがよく見えてきます。〈お年玉の封筒電灯に透かし見る〉なら、嬉しさに加え「あれ、少ないのかな?」という複雑な気持ちも表現できます。俳句とは思いを形に表すもの。読み手がイメージしやすいような表現方法を心がけましょう。

修飾語は安易に使わず、具体的に描写しよう

紅白の日焼けのあとくっきりと　黒田貴成

修飾語：くっきり

▶ 色分けや日焼けのところせぬところ

「くっきり」という修飾語は避けましょう。また「くっきり」は日焼けのあとではなく、日焼けした部分としていない部分（紅白）の境界が、くっきりしているということでしょう。

素潜りで一帖のエイにビックリだ　枝広達也

修飾語：ビックリ

▶ 素潜りや一帖ほどのエイに遭ふ

「ビックリ」という修飾語を使わずに、その驚きを表現しましょう。素潜りで巨大なエイに遭遇したことをそのまま書けば、読者はその場面をイメージし、驚いたことまで読み取ってくれます。

太陽の下で蝶々優雅かな　中田真道

修飾語：優雅

▶ 蝶の舞太陽光を翻《ひるがえ》し

「優雅」は説明です。読者に「優雅」と感じてもらう写生をしましょう。添削句では、太陽光と蝶の関係を描写。ひらひらと舞う蝶が太陽の光を反射しているように、美しく輝いています。

禁じ手七 擬態語・擬音

擬態語や擬音は、読み手にその場面が伝わらず、表現が平凡になりがちです。たとえば「暖炉の火がパチパチはぜる」といった表現。火がパチパチはぜるのは当然のことで、これは単なる説明です。俳句では、〈暖炉燃えさかる音はじけさせ〉と擬音を使わずあらわしましょう。

誰の頭にも火が燃える音が聞こえてきます。俳句ではすべてを表現せず、読者に想像してもらう部分を残すことも大切です。

擬態語や擬音は表現が平凡になる

ぽかぽかな春の陽気が眠りをさそう　小泉拓巳

擬音：ぽかぽか

「ぽかぽか」はむしろ冬日向のことで、「陽気」と重複しています。春の季語に「目借時」があるので、これを使うといいでしょう。

▶ 目借時《めかりどき》上下の瞼《まぶた》仲良しに

ぷかぷかと漂うおでんの卵美味　森田真太郎

擬態語：ぷかぷか

避けたほうがいい擬態語ですが、使い方を工夫すればよいという例です。また「美味」は読者が想像する部分なので不要です。

▶ おでんの卵ぷかぷか味の染みた色

禁じ手八 ごとく・ように

とくに初心者は使わないほうがいいのが、何かをたとえる際の「ごとく」「ように」。なぜなら、「たとえたもの」と「何か」が、まったく同じイメージを与えることはないからです。またありきたりの比喩は、擬態語・擬音と同様に、使うことでそのものが平凡で、説明的になりがちです。とはいえ例外はあります。

〈一枚の餅のごとくに雪残る〉（川端茅舎）

このように、見事に使われている名句もあります。

比喩はイメージを伝えきれないことが多い

夜空に咲く花火の美しさ君のよう　林育寿

比喩：よう

「よう」は漢字で「様」と書く場合に使い、旧仮名で「やう」と書きます。花火の美しさを「君のやう」では、句が甘くなりすぎます。

▶ 花火(は)美し何にたとえてよいのやら

幼な子の手のごとくにも楓の葉　東山通

比喩：ごとく

原句の「ごとく」は、幼子の手のかたちなのか、色なのか、人によってイメージが異なるでしょう。はっきり描写したほうがよいです。

▶ 幼な子の手のかたちして紅葉の葉

やぎ★けん
俳句塾
その三

「印象深い出来事を題材に自分史俳句を作ろう」

まず一〇〇句ほど書いてみよう

文章で自分史を書くのは大仕事ですが、「俳句で」となると意外に簡単なのです。と申しますのは、印象に残っている出来事は、記憶の中でほとんどの場合、一枚の静止画になっているからです。俳句にするには、まず、その静止画を記憶から取り出します。年月の順番は無視してオーケー。あとで並べ替えます。春・夏・秋・冬・新年の出来事をなるべく万遍なく思い出してください。また家族を登場させると句に幅がでます。思い出したことを「はがき大」のカードに書きます。絵が得意な方はイラストをつけてもいいでしょう。

たとえば私の記憶にある出来事といえば、こんなふうでした。

①小学生のときに柿の木に登って、降りられなくなって泣いた。

②高校時代、大学受験の勉強中に母親が深夜まで起きていてくれた。

③小学生のときプールで二五メートル泳ぎきった。嬉しかった。

④中学生のとき、クリスマス会で劇をして脇役出演した。

⑤就職して富山に赴任して、はじめて雪かきをした。

⑥はじめてのデートで、お店の人にジロジロ見られながらアイスクリームを食べた。

そういうことを、とにかく一〇〇枚のカードに書きましょう。書き終えたら大きな机の上か畳の上に並べてみます。時代的に偏ってはいませんか。小学生時代や会社勤め時代のものが、多すぎたり少なかったりしませんか。夏の思い出と冬の思い出

怖いものなし蝿叩き手にあれば

太平洋戦争下。空襲警報に家族全員が防空壕に避難。祖父は壕に入らず、蝿を駆除していました。日露戦争の戦士だったから怖いものナシ。壕から出てきた家族に「コレさえあれば怖いものナシ」と言ったのでした。

父の馬まだ駆けて来ぬ草競馬

地方競馬の騎手をしていた父は、農耕馬の草競馬でも騎手を務めました。足の遅い馬に乗ることも多く、僕は身を乗り出し、父の馬の姿を待っていました。ドキドキして待ちました。まだ駆けて来ぬ、つらい思い出です。

ラムネ飲む兄と同じに胸叩き

小学二年のときはじめてラムネを飲みました。二歳年上の兄が先に飲んでみせ、飲んだらこうして胸を叩くのだと教えられました。僕も兄と同じに胸を叩いたのです。ゲップが出る不思議な飲み物に興奮したのでした。

かあさんのふふむお屠《と》蘇《そ》の味を問ふ

正月の思い出です。お屠蘇という得体の知れない飲み物を、母がまず飲んでみせました。そして母は苦い顔をしてうなずいたのです。僕は母の顔からしてどうやら、それほど美味な飲み物ではないと思ったのでした。

のバランスはどうですか。

　そうした時代や季節のバランスを考え、修正して俳句に仕上げます。そして、少年少女時代の春夏秋冬新年でまとめます。成年時代の句も同様にまとめると、句の内容で色分けができ、立体的になります。欠落している部分も見えてきます。

　左記は私の少年時代の夏の句です。

撃ち尽くしたる水鉄砲に水籠める

対岸に浮かび水遁《とん》術の父

ピストルの試射を夜店に許さるる

野原大学音楽学科草笛奏法研究生

　こうして見ると、少年時代の私は悩み事など一切ないような印象です。そこで一考、落ち込んだことをひとつ思い出しました。

呼び出されプールサイドに番長待つ

　俳句は基本的には自分のために作るものです。自分の生涯を一〇〇枚の静止画にしてそれを俳句にする——なんとステキなことでしょうか。

自分の生涯を一冊の句集に綴じる

自分史俳句はぜひ句集にしてみてください。一〇〇枚の俳句カードの句を基本にして、二句ずつ連想して増やします。以下は連想の方法です。

撃ち尽くしたる水鉄砲に水籠める

↓水鉄砲で誰を狙った？

↓季節の異なる遊びを思い出そう。

対岸に浮かび水遁術の父

↓母親との思い出はなかった？

↓自身が泳いだ思い出は？

ピストルの試射を夜店に許さるる

↓撃った瞬間のことを書きましょう。

↓同じ夏祭りの昼の風景は？

呼び出されプールサイドに番長待つ

↓不良少年を恐れた別の事例は？

↓逆に誰かを苛めたことはない？

このように連想したものを句にすると、きわめて短時間に三〇〇句ができ上がります。そこから類似・類想句を排除し、年代順に並べます。いくつかのブロックに分けてサブタイトルをつけます。最後に句集のタイトルを考えます。句集タイトルは全体を象徴させるものとしましょう。

番長グループに呼び出された、
高校時代の苦い思い出。
彼らとの別の思い出も
たくさんあるなぁ…。
父と見に行った草競馬。
あれは小学生だったなぁ。
そうだ、馬といえば…。
母はお屠蘇をまずそうに飲んでた。
僕にはまだ早いと思ったんだね。
そういえば、お正月のお年玉で
何を買ったかな？

第二章

いい句が詠めるテクニックの磨き方

俳句の基礎的な作法が身についたら、
表現力を高めるためのテクニックを磨きましょう。
やぎけん先生の名句解説と添削実例を見れば、
言葉の選び方ひとつだけでも、
読み手に与える印象がどれほど違うかわかります。
ワンランク上の俳句が詠めるようになることうけあいです。

やぎけん流★

実例で学ぶテクニックの磨き方①▼言葉

文字づかいで印象も変わる

てふてふひらひらいらかをこえた　種《たね》田《だ》山《さん》頭《とう》火《か》

句のポイント　**文字づかい・ひらがな**

すべてひらがなで書かれていて、文字自体、まるで蝶が舞っているかのようです。山頭火はそのことを意識的に書いたものと思われます。蝶の行方を目で追っていたら、高く上がって屋根の甍を越えた……、というわけです。山頭火は〈てふてふうらからおもてへひらひら〉など、ひらがなの句をよく作りました。

イメージが異なる新旧の仮名づかい

「一七音字の詩」である俳句では、文字づかいひとつで、読み手に与える印象が大きく変わります。

代表的なのが仮名づかいです。俳句の歴史的流れや、私たちが目にする名句を見れば、旧仮名づかいで書くことが多いといえるでしょう。一時、旧仮名づかいは古くさい印象を与えると敬遠された時期もありましたが、やはり旧仮名づかいには、独特の雰囲気があるものです。

たとえば新仮名づかいでは、「いる」「おり」と書く「居」の字は、旧仮名づかいでは「をり」となります。「おり」と「をり」では、ずいぶん印象が違うのではないでしょうか。また「ちょうちょう」は、旧仮名づかいでは「てふてふ」となり、古風な情緒だけなく、蝶のひらひらと舞う姿までをもイメージさせる、柔らかな雰囲気が感じられます。

一方、現代的な句には、新仮名づかいがやはり似合うものです。それぞれの効果を考えて、新旧の仮名づかいを使いこなしてみましょう。ただし、一句の中に新旧仮名づかいを混在させないほうがよいでしょう。

アサネシテワタクシ桃源郷ニヰ《い》ル　八木健

句のポイント 文字づかい・カタカナ

ひらがなは「やわらかさ」を醸し出しますが、「カタカナ」は朴訥な感じを出します。句の形も口語体で、俳句らしい「切れ」はありません。朝寝してまだ床の中にいる作者は、意識も幼い感じになっていますが、「桃源郷」と呼ばれる仙人の住む世界にいるような気分なのです。

音量調節絶対不可能蝉時雨《せみしぐれ》　八木健

句のポイント 文字づかい・漢字

蝉時雨の音の激しさを出すために、すべて漢字だけで書いています。蝉時雨は人間の手ではどうすることもできません。それを音量調節絶対不可能と大げさにいい、そのあとで「蝉時雨」と種明かしをしています。たかが「蝉時雨」に、漢字だけで書いて大げさに表現しているのです。

短夜《みじかよ》や乳ぜり泣く児を須可捨焉乎《すてっちまをか》　竹下しづの女

句のポイント 文字づかい・独自表現

「短夜」は夏の季語。乳を欲しがって泣く子を「すてっちまをか」とは驚きですが、一瞬の心の動きを臆することなく一句にして、『ホトトギス』の巻頭を飾りました。作者は漢詩文の素養があり、当時「斯の児棄てざれば斯の身飢ゆ」という漢詩「棄児行」の朗読が流行していました。

漢字や仮名、記号で意外性のある句を詠む

日本語は漢字、ひらがな、カタカナなどがあり、それぞれ独特のイメージがあります。たとえば漢字は重厚さや硬さを。ひらがななら優しさや柔らかさ、カタカナにはおどけた雰囲気があります。このように、文字のイメージを活かした言葉を選ぶのも、表現方法のひとつなのです。

自分のイメージにぴったり合うと思えば、一七音字すべてを漢字で書く、あるいは仮名だけなどという、意外性のある表記で句を詠んでもおもしろいでしょう。

文字にしたときの見た目のおもしろさという点も、俳句の表現ではひとつのポイント。新しい言葉や記号なども、独自の表現だと認められるのです。句のイメージに合えば、○（まる）・△（さんかく）・□（しかく）、♪（おんぷ）なども試してみてはどうですか。

自由な発想で、言葉や表記の音や見た目、イメージを活用して、独創的な句に挑戦してみましょう。

▼言葉

つぶやきや会話で書く

毎年よ彼岸の入《いり》に寒いのは

正岡子規《まさおかしき》

句のポイント つぶやき

「会話」や「つぶやき」をそのまま書いても素敵な句になります。それは「思い」を書き残すことができるからです。この句は、子規が母親に「彼岸だと言うのに寒いね」と言ったところ、母親が「毎年よ彼岸の入りに寒いのは」と応えたのを、そのまま句にしてみせたと伝えられています。

つぶやきや会話こそ素朴な一句になる

俳句とは心の記録、いわば精神史です。だかこそ、普段の生活の中で心に浮かんだ言葉や、ふと口をついて出た「つぶやき」、あるいは誰かとの何気ない「会話」が、実に素朴な一句となります。逆に言えば、心に浮かんだことが「つぶやき」になって、口をついて出る。それが俳句であるともいえるのです。

〈かき氷どの部分から崩さうか〉（八木健）という句は、ガラスの器に山盛りになったかき氷を目の前にした、その気持ちを素直に書いた句です。思わず「そうそう」と頷いてしまう可笑しさがあります。

また例句として挙げた子規の句、〈毎年よ彼岸の入に寒いのは〉は、子規の母の言葉をそのまま句にしたもの。当たり前のような言葉が俳句になっています。子規の言葉に対する感覚の鋭さがわかる句です。

このように、日常生活の中で感じた「なぜ？」という疑問、「ああ」という感動、「ふふふ」という可笑しみ。そういった心の動きから思わずこぼれた「つぶやき」を、素直に表現してみましょう。

さらに、普段の生活の中で誰かと交わした「会話」も、そのまま俳句になります。それはまさに、自分だけの一句なのです。

春風にのって花びら舞っている　入田未希

▶

はなびらさんいつまで風にのるつもり

原句は、春風にのって花びらが舞うという状況説明になっています。また、「春風」、「花びら」はともに春の季語。季重なりになっているので、季語はひとつにします。それを直しただけでは平凡な句になってしまうため、花びらに問いかけてみましょうか。こうした会話調が句に生き生きとした表情を与えます。

青空を飛んでいく鳥ウグイスだ　里村雄大

▶

うぐひすでしょうか飛んでゆくあの鳥は

原句では言い切っていますが、実際に空を飛んでいく鳥を見て、「ウグイス」と断定はできなかったはずです。本当は、「ウグイスかな？」と思ったはずですから、思ったこと、つぶやいた言葉をそのまま書きます。そこで「切れ」を作ります。そのあとは、つけ足す程度に状況を解説すればよいでしょう。

青々と茂る木の陰一休み　森田真太郎

▶

ひとやすみしようか繁りゐる木の陰で

原句の状況は、作者が木陰で「ひとやすみ」を始めるか、その直前の場面のことでしょう。直前のつぶやきとするなら、「ひとやすみしようか」と、つぶやいた言葉を最初にもってくるとどうでしょうか。「ひとやすみ」に込められた作者の気持ちや、のびのびとした風景までも、より鮮明に読み手に伝わります。

▼言葉

五感を使って表現する

わが鳴らす麦笛《むぎぶえ》ぴぴと手にこたへ　中村汀女《なかむらていじょ》

句のポイント　**感覚**

「ぴぴ」は麦笛の音ですが、麦笛を鳴らしたことのある方は、「ぴぴ」が手に伝わる振動の表現でもあるということがわかるでしょう。「ぴぴ」と手に感じるのは科学的ではありませんが、感じたことを書き残すのが俳句。ですから「ぴぴ」を手への振動と、感じたままに書いたのです。

子どもの感受性で対象を素直に見る

「俳諧は三尺の童子にさせよ」とは、松尾芭蕉の言葉です。これは幼児の感受性に学べということ。子どものように素直な心で対象を見ることは、人間に生まれながらに備わっている五感で感じることでもあります。

　例句に挙げた中村汀女の句は、麦笛の音とともに、それを持つ手の感触感も表現しています。

　このように、色や匂い、音や手触りなど、五感で感じた何かを、自分なりの言葉で表現することが、ありきたりの句を作らないポイントなのです。

　たとえば色。赤なら情熱や温かさ、白なら清らかさなど、その色がもつイメージだけでなく、普通は色で表現しないようなものも、感じたままに色で表現してもいいでしょう。

　音の場合は擬音を使うと安直になってしまうので、その音をどんな言葉で表現するのかが工夫のしどころです。たとえば鈴虫の音なら、その音の聞こえた情景を詠むのもいいですが、逆に沈黙を詠むことで音を強調することもできます。

　さらに、匂いや香りは視覚や聴覚以上に強い印象を与えます。季節や食べ物、花の香りなどを句に詠むことで、イメージ豊かで印象的な句となるはずです。

モンシロチョウ緑の中で白一点　臼井友哉

▼

モンシロチョウ緑の中の白一点

草原か林か、春の草木の緑とモンシロチョウの白を対比させた句です。しかし、「緑の中で」と「で」を使うと説明的になるので、使わないようにします。「の」にしてみましょう。緑と白一点の表現だけで、作者が見た風景、感じたのどかなイメージは詠み手に十分伝わります。

外に立ち浴びる日光春の香　黒田貴成

▼

春光の香につつまれて立ち尽くす

春の花や草木の若々しい香りなのでしょうか、春の光を浴びたとき、作者は明るい光の中にそんな心地よい香りを感じたのでしょう。五感を存分に使った句です。しかし、日光を浴びるのは「外」ですから、「外に立ち」は不要な言葉です。またこの句は三段切れになっていて、ポイントがあいまいです。

せみの声夢まで登場耳ざわり　小泉拓巳

▼

騒音よ夢の中なる蝉の声

「せみの声」という音を騒音として捉えた句ですが、「耳ざわり」と「夢まで」いう表現は説明になっています。ここは添削句のように「騒音」として断定してみましょう。作者が感じた音のイメージが、よりはっきりと詠み手に伝わります。またこの句は三段切れになっているので、初句切れの形に整えました。

▼言葉

自分だけの表現や比喩を使う

春眠《しゅんみん》の身の閂《かんぬき》を皆外し　上野《うえの》泰《やすし》

句のポイント　比喩

俳句は「誰かが使った表現」ではない、「自分だけの表現」であることが望ましいのです。春眠を貪る作者は、すべてのしがらみや緊張感から解放されているのです。閂は「かんぬき」です。大いなる解放感を、身体の骨格をつなぎ止めている閂を外したように感じたのです。自分だけの表現を見つけたうまさです。

安易な比喩より写生で表現力を高める

文章表現の手法のひとつに、対象物を何かにたとえる「比喩」があります。「ごとく」「ように」と、対象物のイメージを別の物に置き換えてあらわす比喩は、一見こなれた表現に見えますが、俳句では違います。

誰もが知っている「もみじのような手」といった比喩の場合、ありきたりな表現なだけに、句が平凡になってしまいます。逆に、作者独特のたとえを使ったとしても、読み手に正確なイメージを伝えることは難しいでしょう。限られた一七音字の中でAをBにたとえても、なぜそうなのかと説明できないからです。

例句に挙げた上野泰の句は、「身の閂」という彼独特の表現が見事に生きた句です。このように、誰もが納得できる、しかし誰も使わなかった自分だけの表現ができれば、読み手に与えるインパクトはより強くなります。

では、どうしたら自分だけの表現が見つかるのでしょうか。それは、俳句の基本である写生をしっかりすることです。対象物を目で見たときの変化、それを手にしたときの状態、別の物を添えたときの情景など、さまざまな状況を写生しましょう。その中から、自分なりの表現が生まれてくるのです。

雪げしょう山にかかるとかきごおり　秋山尚徳

▶ かき氷みたいに山の雪化粧

原句は冠雪の山を詠んだもので、冬の季語である「雪」を使っています。一方で「かき氷」は夏の季語ですから、単純に読めば季語が二つある季重なりの句に見えます。しかし、「雪化粧」を「かき氷」にたとえた表現のおもしろさから、機智俳句とすればいいでしょう。

冗談は言えなくて大昼寝かな　野間菜津子

▶ 大昼寝オジサンギャグに疲れ果て

「大昼寝」という表現がおもしろい句です。春の季語に「大朝寝」があり、こちらは気持ちよい春の朝ゆえの寝坊のことを意味します。それを踏まえたのだとすれば、「大昼寝」は春の朝のように眠気を誘う教師の声のことでしょうか。あるいは、教師のつまらないギャグに疲れて、眠気をもよおしたのかもしれません。

日焼けして新たな皮を出迎える　中田真道

▶ 新しい皮膚の出現日焼けあと

原句は科学的なようで、詩心のある不思議な句です。表現のおもしろさと独特の雰囲気は、作者の個性のあらわれでしょう。原句のままでもよいのですが、経過説明になっている点が気になるため、多少、あえて添削句のようにしてみました。新しい皮膚が出てきたという瞬間を強調しています。

やぎけん流★

実例で学ぶテクニックの磨き方② ▼推敲

芭蕉の名句ができるまで

閑《しずか》さや岩にしみ入《いる》蝉の声　松尾芭蕉

句のポイント　推敲

『奥の細道』の山寺を訪れた際の句で、〈山寺や石にしみつく蝉の声〉〈さびしさの岩にしみ込む蝉の声〉などの推敲を経て、「閑さや」の句に落ち着いたことが記録に残されています。「山寺や」では場所の説明だけ。「さびしさ」では印象の一面でしかない。「閑さや」で大自然の静謐感を描くことができたのです。

芭蕉も繰り返した「推敲」の大切さ

「推敲《すいこう》」とは自分の詠んだ句を、さらに見直しして、よりよいものにしていくことです。俳句は何かに感動した素直な気持ちをそのまま表現することが大切ですが、一方でこうした推敲を行うことで、作品としての完成度が高まります。

実は、あの俳聖・松尾芭蕉も、後世に残る名句を一発で完成させたわけではありません。何度も推敲を加えて完成させているのです。

たとえば『更科紀行』にある、〈吹きとばす石はあさまの野分かな〉も、何度も推敲を重ねて完成された句なのです。そのプロセスはこうです。

秋風や石吹颪《ふきおろ》すあさま山　←

吹颪すあさまは石の野分かな　←

吹落とす石をあさまの野分かな　←

吹きとばす石はあさまの野分かな

どんな季語を使うのか、季語の位置をどこにするのか、よりぴったりな表現は別にないか。こうした点を見直しながら推敲を重ねることで、より魅力的な句になるのです。

芭蕉のほかの句に見る推敲のプロセス

石山の石より白き秋の風

↓

石山の石より白し秋の風

「石山」は「岩山」と解されます。季語は「秋の風」で、「秋」のもつ色彩感は「白」。岩山の石の白さを言い、その石よりもなお白い秋の風として、秋風のものさびしさを描いています。たとえば〈石山の石の白さや秋の風〉とすると、秋の風の白さが半減してしまうのです。芭蕉はもともと「石山の石より白き」としていましたが、推敲の段階で「白し」と直して切れを作り、「秋の風」を強めたのです。

五月雨を集て涼し最上川

↓

五月雨《さみだれ》をあつめて早し最上川

ひときわ水量の増した最上川を描いている句。当初、歌仙（三六句を詠み継ぐ連句形式）の発句として出されたときは、「五月雨を集めて涼し」でした。座の衆に対するあいさつとして「涼し」を使ったのですが、実際に最上川の流れを見た芭蕉は「流れの水量と速さ」に驚嘆したのでしょう、「早し」と推敲したのです。

やぎけん流 推敲のポイント

では実際に、八木先生の推敲のプロセスを見てみます。題材は土用の丑《うし》の日の鰻屋の風景です。目の前には「食欲をそそる臭い」「焼ける音」「団扇《うちわ》を叩く音」などの情報が。しかし「鰻」で「臭い」は当たり前で、視覚的でないので伝わりにくい。そこで「音」に焦点を絞りました。

鰻焼く脂の音を立てて落つ

【推敲その一】 見たままで誰でも作りそうです。「音」は立てるものなので、「立てて」は不要。視覚的な「滴らせ」と変えてみます。

鰻焼く脂の音を滴らせ

【推敲その二】 「音を滴らせ」は、まだ少し自分が何を感じたのかが出ていません。旨そうな脂を滴らせている……、もったいないなあ。ううん、あれは栄養満点の脂だろうから。

鰻焼く栄養の音滴らせ

【推敲その三】 「滴らせ」は平仮名のほうがいいかも。

鰻焼く栄養の音したたらせ

完成。作者の気持ちが出ました。

▼推敲

省略できる言葉を探す

舌に載《の》せてさくらんぼうを愛しけり　日《ひ》野《の》草城《そうじょう》

句のポイント　省略

この句に登場する人物、つまりさくらんぼうを「愛している」のは「作者自身」です。俳句はまず自身のことを描くので、「私」を省略しています。舌に載せて遊ばせたか、しゃぶったかしたのでしょう。しかし、そのことを具体的に描くことを省略して、「愛する」に代表させせたのです。

一七音字を有効に使う　俳句は〝省略の文芸〟

俳人の書く文章は、とても簡潔で読みやすいものがほとんどです。なぜなら、俳句は〝省略の文芸〟だからです。限られた一七音字で表現するために、言葉や意味の重複を避けることが重要になります。俳人はこの癖が身についているため、文章も簡潔でわかりやすくなるのです。

実際に俳句を作るときには、句の中での意味の重なりを避け、一七音字を有効に使いましょう。たとえば、花が咲く、雨が降る、鳥が飛ぶ、風が吹く、などの動詞の部分は必要のない言葉です。動詞を多用すると経過説明にもなりがちなので、できるだけ省くようにします。

俳句は言葉や〝間〟で、読む人の想像力をかきたてるもの。ですから「傘」と「雨」など、連想可能な言葉は省略し、読む人の想像力に任せることも大切です。このように簡単に想像できることや、「麦畑の麦」や「梅雨の雨」といった漢字の重なりなど、「蛇足」な部分がないかを見直してみましょう。

また俳句は一人称の文芸です。ほかに主語が必要な場合以外、主語は自分になるため、「私」や「僕」などの一人称は基本的には使いません。こうした省略できる言葉を削り、何度も推敲することが大切です。

春風にゆられてふらつくモンキチョウ　赤嶺久美子

▼

春風にふらついてゐるモンキチョウ

原句にある「ゆられて」という言葉は春風を受けているので、本来は「吹かれて」にすべきですが、「風」があるので不要な言葉です。添削句ではそれを省略してモンキチョウを強めています。なお「春風」と「蝶」はどちらも春の季語ですが、句の中心はモンキチョウです。

桜舞う季節におのれのこころまう　岡田大祐

▼

こころうき立つはなびらの舞ひをれば

俳句は「いま」のことを言うものですから、原句にある「季節に」という表現は不要です。省略しましょう。また「桜舞う季節に」の「に」は、説明になります。助詞の「が」「は」「て」「も」「に」は、俳句の禁じ手のひとつです。なお、春の花は桜のこと。添削句では「桜」を使わず、「はなびら」としました。

梅雨の夜近くの田んぼのえんそう会　黒川美央

▼

梅雨の夜の田んぼで演奏するは誰？

田んぼに「近くの」という言葉は不要です。夜、田んぼから聞こえてくる「えんそう会」なら、家の近くであろうことは簡単に想像できます。さて、この田んぼには蛙が隠れているのでしょうか。原句では蛙の声と言わず、「えんそう会」としていますが、「誰？」と疑問形にしてもおもしろいですね。

▼推敲

推敲のチェックポイント17

基本作法のおさらいで〝いい俳句〟に完成させる

ここまで、俳句が上達するためのさまざまな手法を解説してきました。そして「推敲」とは、そうした手法のポイントを改めて確認することなのです。その要点を一七の項目にしたのが、次ページの表です。

1～3は、俳句の基本である、「決まりごと三兄弟」のことで、俳句の禁じ手にある内容も含んでいます。「季語」「定型」「切れ」は、俳句が俳句であるために必要なルールです。季語の見直しは、歳時記を活用してほかの言葉に入れ替えたらどうなるか、試してみるといいでしょう。

4～12は、俳句の禁じ手にもあり、「写生」ができている句にするためのポイントです。初心者にありがちな経過説明や、原因と結果の報告になっていないか、ここでもう一度見てみましょう。また俳句は文芸作品ですから、作者のオリジナリティも大切です。安易な表現で平凡な句になっていないか、俳句らしく作ろうとして古くさい表現になっていないかなど、自分の言葉で詠んでいるかもチェックします。

13～17でチェックするのは、その句が一七音字の「詩」になっているかということ。詩にはリズムがあり、作者の感動が描かれているものです。それは心の叫びだったり、しみじみとした思いだったり、あるいは驚きや可笑しさだったり、さまざまです。そして、そこには必ず作者が存在することを忘れてはいけません。

うまい句ではなく、「いい句」にするには、こうした推敲が大切になります。俳聖と呼ばれた芭蕉でさえ、名句と呼ばれる句が完成するまでには、何度も推敲を重ねたのです。皆さんも、一句作ったら、この一七のチェックポイントに照らして、何度も見直してみましょう。そうするうちに、こうしたルールも自然と身についてくるはずです。

推敲のチェックポイント17

1 五七五の定型で一七音字
*字余りや句またがりの破調もよい。

2 季語はひとつ
*二つ以上でも同じ季節で、比重に差があるならよい。

3 「切れ」がある
*切れ字を使わなくてもよい。三段切れはダメ。

4 動詞はひとつ
*使わなくてもよい。

5 「が、は、て、も、に」をなるべく使わない

6 形容詞、副詞、擬音など修飾的な言葉をなるべく使わない

7 比喩はなるべく使わない

8 季語の説明をしない

9 瞬間を描いている
*経過や、原因と結果を描かない。

10 思いを形にあらわす
*説明は避ける。理屈もダメ。

11 独自性がある
*どこかで見たような句はダメ。

12 難解な言葉は使わない
*俳句らしい句よりも、ふだん使う言葉でよい。

13 内容に詩がある
*出来事の報告ではダメ。

14 句の中に作者が存在する
*評論家になってはダメ。

15 物をしっかり見ている、その物の声が聞こえる
*対象になりきるのもよい。

16 季語を感動でとらえている

17 句にリズムがある

やぎけん流★

実例で学ぶテクニックの磨き方③▼三多

たくさん詠んでたくさん捨てる

ふだんの暮らしの中で五七五気分を高める

俳句上達の最後のコツは「三多」です。三つの「たくさん」というのは、次のことです。

一、よい作品をたくさん読む
二、自分でもたくさん詠む
三、詠んだ俳句をたくさん捨てる

一の「よい作品をたくさん読む」は文字どおり。古今の俳人の名句をたくさん鑑賞することです。

二の「自分でもたくさん詠む」も文字どおりです。江戸時代の浮世草紙や人形浄瑠璃の作家として知られる井原西鶴は実は俳人でもあったのですが、何と一昼夜に二万三五〇〇句を詠んだと伝えられています。これは矢数俳諧と呼ばれ、計算してみると一句当たりの所要時間は三秒強というものです。

では、私たちが西鶴と同じようにできるかといえば、さすがに一句三秒は無理でしょうが、作ろうと思えば一日一〇〇句くらいはできるものです。ただしこれは、ふだんの生活の中で、「俳句的感興」を十分に高めていてこそできること。この「俳句的感興」とは、いつでもすぐに五七五で表現できてしまう、いわば「五

句の解釈

西鶴が五十二歳で亡くなったときの辞世の句です。前書きに、「人間五十年の究まり　それさえ我にはあまりたるに　ましてや」とあります。つまり、人生は五〇年といわれるのに、自分はさらに二年も余分に生きて五十二歳で死ぬことになろうとは……。いやはや、浮世の月に見惚れすぎたようだねえ、という意味でしょうか。

浮世の月見過しにけり末二年　井原西鶴

七五気分」ということです。

三の「たくさん捨てる」は、選句眼を鍛えることです。まず一〇〇句ほど詠んだら、そのうち五〇句を選び、残りは思い切って捨てます。このように、自分で自分の句を選ぶことを「自選」といいます。句会で他人の句からよいと思うものを選句するのと同じく、句を観る目を養うために、自選は大切な作業なのです。

一日で俳句歴五年になる実力アップの極意

「三多」の中でも、いちばん実力が身につくのがたくさん詠むことです。そのための必殺技がコレ、朝から晩まで五七五で会話をしてみることです。これを一日やれば、俳句歴五年の俳人に匹敵するほどの実力がつきます。実際にやってみれば、その効果がわかるはずです。

俳句の上達法のひとつに、「つぶやきや会話で書く」がありますが、これと同じことを一日してみるわけです。朝、もう少し寝ていたいと思ったら、五七五でつぶやく。家族への朝の「おはよう」も、言葉を足して五七五に。家を出てからも同様に、一日を五七五の会話で過ごしましょう。これは実は、「五七五の体力」をつけるための練習なのです。

そして二日目は、切れ字を使ってみましょう。さらに慣れてきたら、季語を入れてみます。ここまでくれば、すでに立派な俳句になっているはず。なかには、驚くほどよい句だってあるかもしれません。

たった二日で、あなたは俳句歴一〇年の実力の持ち主です！

童心にかへって金魚すくひ
より
金魚鉢どうする金魚すくったが

矢数俳諧を得意とした俳人・井原西鶴

寛永一九年（一六四二年）、大阪に生まれた井原西鶴は、四十一歳で書いた『好色一代男』により浮世草子のジャンルを確立した、江戸前期の大作家です。

作家として世に出る以前の西鶴は、談林派の西山宗因のもとで俳諧を学び、俳人として活躍。自由奔放な作風から「おらんだ西鶴」と呼ばれました。

当時、京都三十三間堂の通し矢にならい、一昼夜に多くの句を詠む「矢数俳諧」が流行していました。延宝三年（一六七五年）に妻を亡くした西鶴は、その追善に一日千句詠む「独吟一日千句」を達成。さらに一昼夜で二万三五〇〇句を詠む大記録を残したのでした。

談林派が衰退したあとは、浮世草子の作者に転身。『好色一代女』『好色五人女』などの好色物をはじめ、武家物の『武道伝来記』、町人物の『日本永代蔵』など、二〇余編を書き上げます。

そして元禄六年（一六九三年）、五十二歳で亡くなりました。

やぎけん流★力が身につく名句鑑賞術①

江戸から現代まで 俳人たちの名句

俳諧から俳句へ 時代を彩った俳人たち

俳句の源ともいえる俳諧連歌《はいかいれんが》を興《おこ》したのは、室町時代の連歌師・山崎宗鑑《そうかん》で、荒木田守武《あらきだもりたけ》とともに俳諧の祖といわれています。同時代の連歌師には、京都・上京に種玉庵を結んだ宗祇《そうぎ》がおり、約二〇〇年後の芭蕉が深く敬愛した人物でした。

芭蕉は語呂合わせの傾向におちいりがちな当時の風潮に対し、思想性を重んじた作品を作りました。その句風は「蕉風《しょうふう》」と呼ばれ、ここで俳諧は高い芸術性をもったのです。芭蕉が俳聖と呼ばれるゆえんです。

こうした芭蕉の姿勢を引き継いだのが、与謝蕪村と小林一茶でした。蕪村は絵画的で洗練された作品を、一茶は生活苦からくる自嘲と反逆の色濃い作品を数多く残しました。

明治時代に入って、俳諧の革新に取り組んだのが正岡子規です。子規は新しい時代の表現方法として「写生」の重要性を説き、当時の「俳諧」という名称を「俳句」に改めました。子規の思想を受け継いだ高浜虚子は、伝統を重視する「花鳥諷詠」「客観写生」を提唱して俳壇の主流になります。昭和になると水原秋櫻子、山口誓子、加藤楸邨《しゅうそん》、中村草田男ら「人間探求派」が活躍します。

一方、子規の革新的な面を推し進めた河東《かわひがし》碧梧桐《へきごとう》は、定型にとらわれない「新傾向俳句」を唱え、その考えは種田山頭火や尾崎放哉《ほうさい》の自由律俳句に受け継がれていきます。

駆け足で俳句の歴史を見てきましたが、ここでは江戸時代から現代までの先人たちの作品を鑑賞してみましょう。

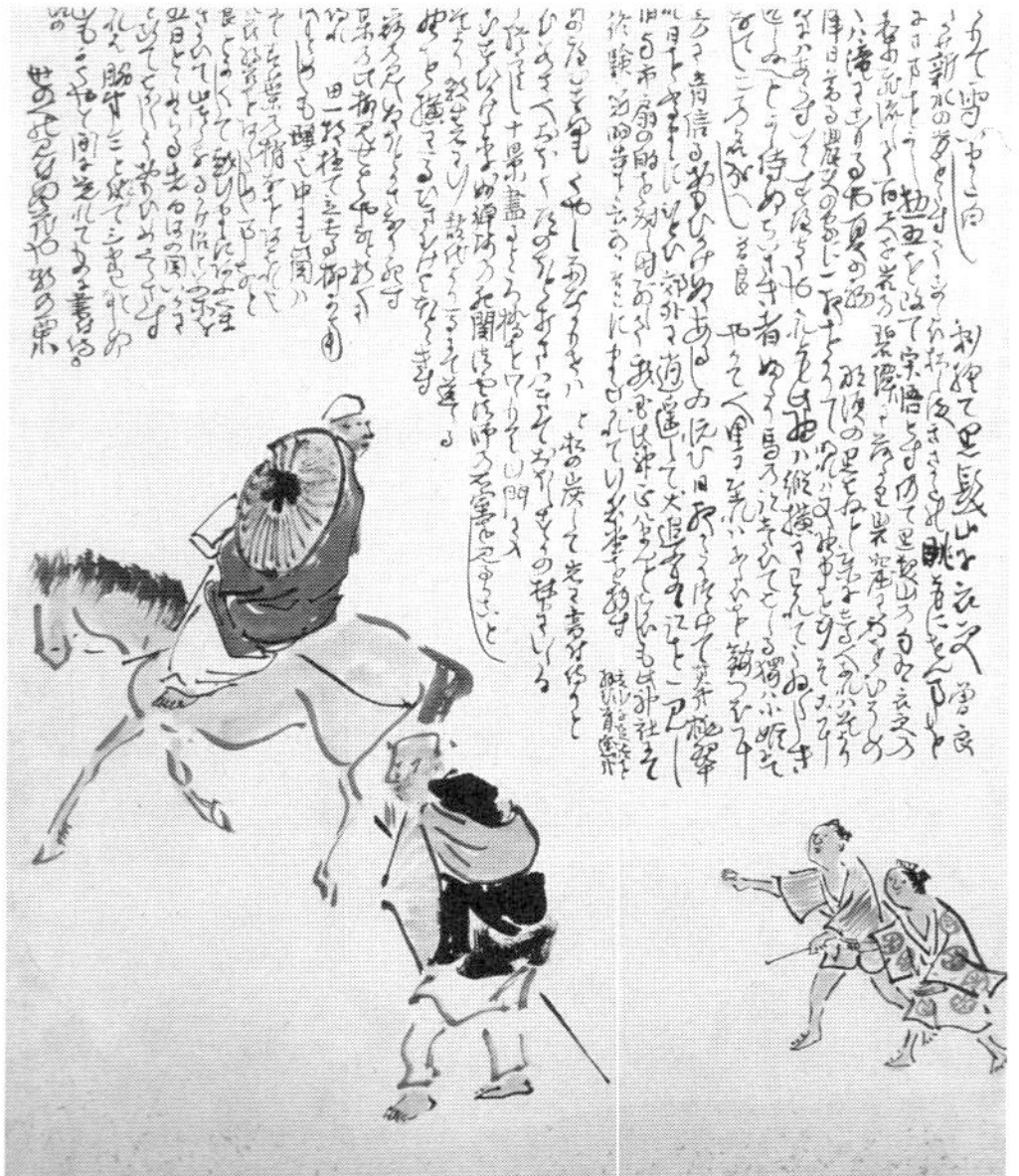

与謝蕪村筆「奥の細道図屏風」（部分） 長谷川コレクション 山形美術館 所蔵

松尾芭蕉

俳諧を確立した俳聖

草の戸も住替る代ぞ雛の家

句の解釈 おくのほそ道の序文の句として有名。奥州行脚に当たって芭蕉は、住みなれた我が家を人手に渡します。住む者が替わればこの草庵もやがて訪れる弥生の桃の節句には雛も飾られるであろう、ということです。華やいだ風景になろうかと推測した芭蕉が、感慨深げに詠んだものです。

行く春を近江の人と惜しみける

句の解釈 近江の琵琶湖畔で詠んだ句。今年の春の終わりを、近江の人たちと琵琶湖の大きな風景の中で惜しんでいるのです。琵琶湖の春の朦朧とした広がりは、近江の人たちの心の大きさや柔らかさをも感じさせます。なぜ近江の人でなければならないか、納得できるものです。

秋深き隣は何をする人ぞ

句の解釈 旅の宿で秋の寂しさを詠んだ句です。隣の部屋のちょっとした物音に、「深まりゆく秋、お隣は何をする人なのだろうか」と、人間としてのつながりを感じているのです。「何をする人ぞ」は、決して興味本位ではありません。隣の人も深まる秋に孤独を感じているはずだ、という意味なのです。

俳聖・芭蕉に学ぶ俳句に対する心得

江戸時代前期に活躍した俳聖・芭蕉が残した言葉から、芭蕉の俳諧に対する考え方がわかります。その名言をいくつか紹介しましょう。

高悟帰俗

「風雅の誠（俳諧における真心）を高く悟ったうえで、日常の俗世界に帰りなさい」という意味。ものごとの真髄を理解できる俳人になっても、庶民的な「軽み」のある表現をしなければいけない、という教えです。

不易流行

「不易」はずっと変わらないこと、「流行」はその時々に合わせて変えていくこと。常に詩心を大切にしながら、新しい表現を模索しなさいということだといえます。

俳諧は三尺の童にさせよ

（背丈三尺ほどの）子どものように素直な気持ちで、ものごとを感じなさいという意味です。

現代に俳句を学ぶ私たちにとっても、芭蕉の思想から学ぶことは多いのではないでしょうか。

名句でたどる『おくのほそ道』紀行

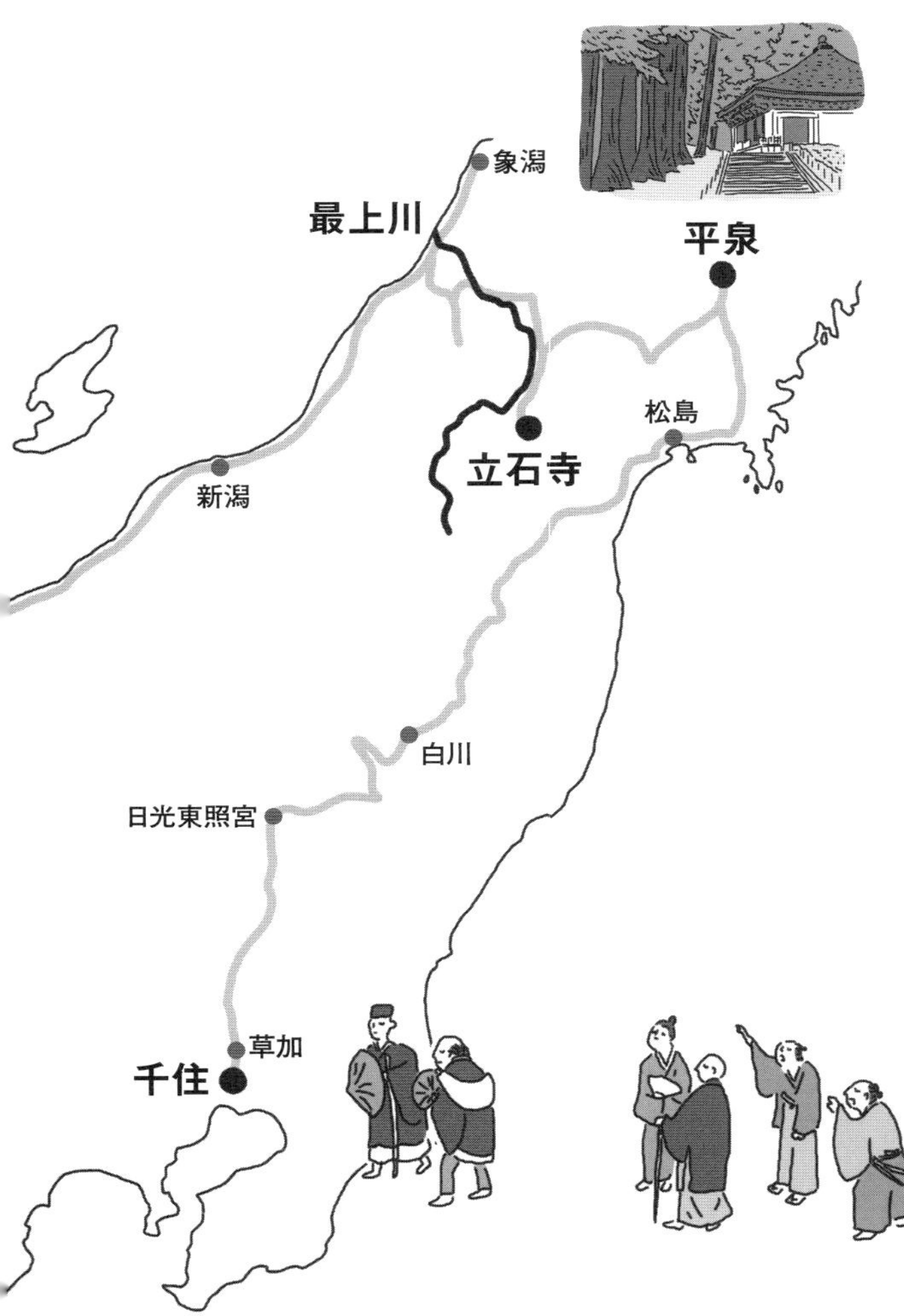

〈平泉　五月一三日〉

夏草や兵《つわもの》どもが夢の跡

奥州平泉に藤原氏の館跡を訊ねて草ぼうぼうの風景を詠む。この辺りは義経主従が籠った場所で、藤原氏三代の栄耀の跡だが栄枯盛衰は世の常。目の前に広がるのは夏草だけであると、眼前の風景からその奥にあるものを探るのは芭蕉の手法。

〈千住・旅立ち　三月二七日〉

行春《ゆくはる》や鳥啼魚《とりなきうお》の目は泪《なみだ》

千住で見送りの人々との別れを惜しんでの句。心をもたぬ空の鳥も別れを悲しんで鳴き、海の魚も目にいっぱいの涙を溜めて悲しんでくれている、という意味。この日は草加を経て粕壁（現・埼玉県春日部市）に宿泊。

旅に明け暮れた芭蕉の俳句人生

松尾芭蕉は寛永二一年（一六四四年）、伊賀国（現在の三重県伊賀市）の武士の家に生まれました。俳諧の道に入ったのは、伊賀国上野の侍大将・藤堂良清の子・良忠に仕えたことがきっかけです。良忠が俳人の北村季吟《きぎん》に師事していた縁で、芭蕉も俳諧を学ぶようになったのです。

最初の句集『貝おほひ』を著したのは寛文一二年（一六七二年）のこと。その後江戸に出て、延宝六年（一六七八年）に宗匠になりました。当初は当時流行していた語呂合わせや冗談を多用した作品を書いていましたが、次第に飽き足らなくなり、芸術性の高い「蕉風」と呼ばれる句風を確立。俳聖と呼ばれ、俳句史に大きな足跡を残したのです。

芭蕉の作品の中で最も有名なのが、晩年に書かれた『おくのほそ道』です。弟子の河合曾良《そら》を伴っ

〈立石寺　五月二七日〉

閑《しづか》さや岩にしみ入《いる》蝉の声

山寺を訪れた際の句。「閑さや」で大自然の静謐感を描き出している。『おくのほそ道』の中でもよく知られている。山寺は土地の名前であると同時に、寺の通称でもある。正式には天台宗宝珠山立石寺。

〈最上川　五月二九日～六月三日〉

五月雨《さみだれ》をあつめて早し最上川

ひときわ水量の増した最上川を描いている。この日、芭蕉は句会に出席し、発句として〈五月雨を集て涼し最上川〉と詠んでいる。「涼し」が「早し」となったのは、六月三日の川舟の上だという。

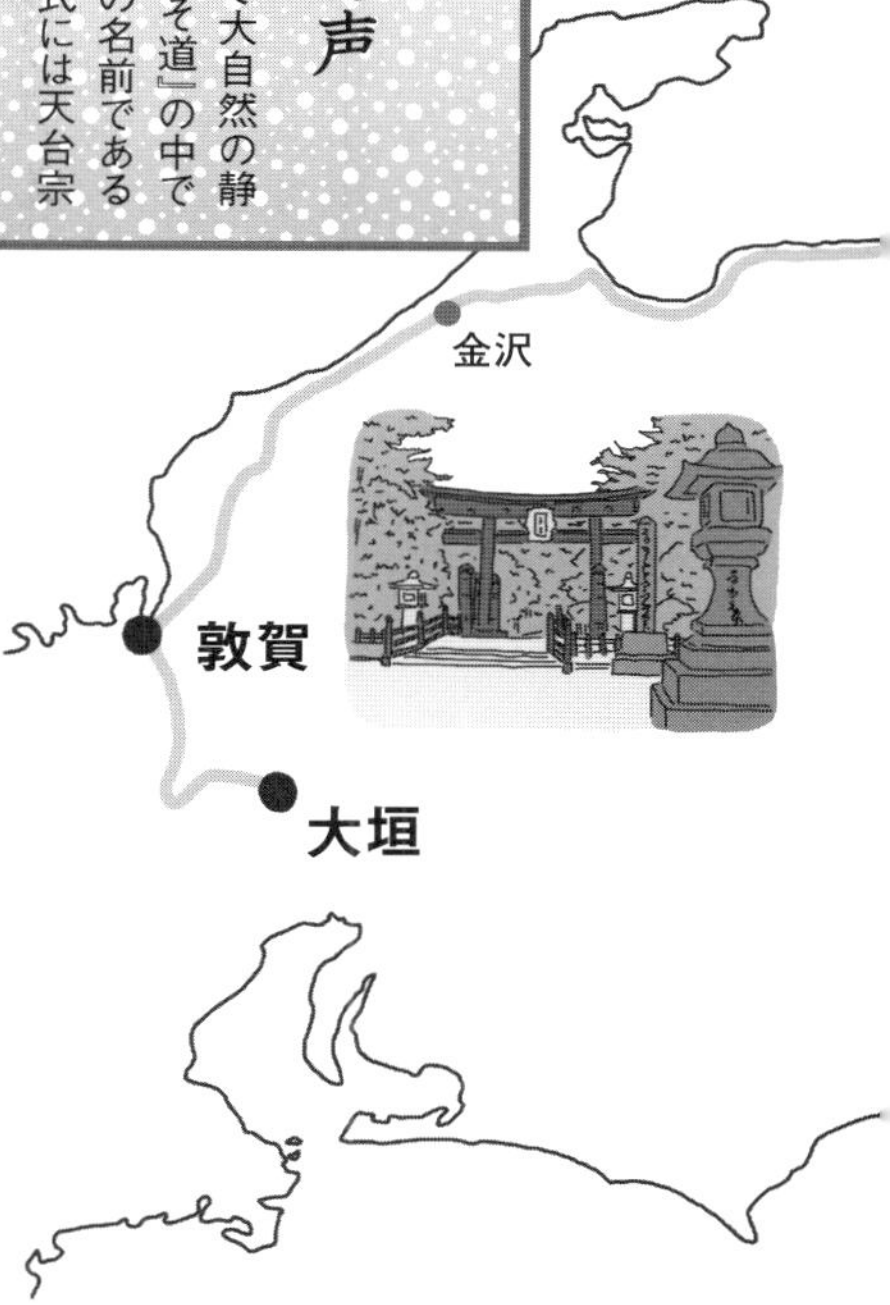

〈大垣・終点　八月二一日頃〉

蛤《はまぐり》のふたみにわかれ行秋《ゆくあき》ぞ

奥の細道の長旅をひとまず終えた時点での一句。大垣では人々にあたたかく迎えられた。これから二見に向かうのだ。蛤の蓋（ふた）と身のように別れゆくのは名残惜しいことである。「二見」と「蓋と身」は掛け言葉である。別れに際して流転の思いを新たにする秋である。

〈敦賀・気比神社　八月一四日〉

月清《きよ》し遊行《ゆぎょう》のもてる砂の上

「遊行」は二世遊行上人。句を詠んだ気比神社は、かつて沼地で毒竜が棲んでいた。「遊行の持てる砂」は上人が自ら砂を運び、沼地を埋めたという砂持ち伝説に基づく。清らかな月光が白砂を照らすその上に芭蕉は立っている。

て、元禄二年（一六八九年）三月二七日に江戸深川を出発。東北、北陸をめぐり、岐阜の大垣に到着するまでを記したもの。全行程約二四〇〇キロメートル、約一五〇日間の旅でした。

　ほかにも、伊賀上野への旅を記した『野ざらし紀行』や『鹿島紀行』『笈《おい》の小文《こぶみ》』『更科紀行』など、芭蕉は数多くの紀行文を残しました。晩年はとくに、旅に明け暮れたといっても過言ではありません。

　最期の地も旅先の大坂で、〈旅に病んで夢は枯野をかけ廻る〉の句を残して五十一歳で亡くなっています。旅先で病いに臥しながらも、夢に見るのは漂泊の旅を続け、枯野をかけめぐる自分の姿だったようです。

　ちなみに、忍者の里・伊賀の出身であること、旅が多かったことから、芭蕉忍者説を唱える学者もいます。その真偽は定かではありませんが、旅の記録から当時でも並外れた健脚だったことは間違いないようです。

画・俳二道の達人

与謝蕪村

春雨や小磯の小貝ぬるゝほど

句の解釈 「春雨」という大きな景色から、「小磯」という中景へ、そして小さな「貝」へズームインしています。春雨は、小貝が濡れる程度ということですから、降り始めたばかりと思われます。雨濡れの貝の輝きの美しさを詠んだ句です。

蚊の声す忍冬《にんどう》の花の散るたびに

句の解釈 蕪村は画家でもあります。細筆で忍冬の花びらを写生していたときのこと。忍冬（すいかずら）の花が散るたびに蚊の声がする、というのです。忍冬の花はしべが長く垂れていて蚊の舞う姿に酷似しているから、花が散るのを蚊が舞うように感じたので蚊の声がしたように思ったのです。

五月雨や大河を前に家二軒

句の解釈 俳句は写真とよく似ています。次の瞬間を鑑賞者は想像します。この句を水墨画的世界と見るか、大河に飲み込まれそうな状況と見るか……。蕪村がこの作品の中にドラマを持ち込むとするなら、水量を増した大河に飲み込まれそうな家ということになります。

芭蕉、一茶と並び称される江戸俳諧の巨匠・与謝蕪村は、享保元年（一七一六年）に現在の大阪市で生まれました。二十歳の頃に江戸で俳諧を学ぶと、各地を遊歴した後、京都に居を構えました。

〈しら梅に明くる夜ばかりとなりにけり〉は、六十八歳で亡くなった蕪村が残した辞世の句です。

当時の俳諧を憂い「蕉風回帰」を唱えた蕪村ですが、芭蕉とは異なる絵画的で光あふれる作品を数多く残しました。画家としての評価も高く、池大雅《いけのたいが》とともに日本的な文人画を大成したほか、俳画の創始者としても知られています。まさに、画・俳二道の達人といえるでしょう。

蕪村の生誕地・大阪都島区にある句碑

小林一茶

生活感のある素朴な句風

是《これ》がまあついの栖《すみか》か雪五尺

句の解釈 故郷に帰った一茶が、雪深いこの地を終（つい）の住処と考えての句ですが、雪深いことを嘆いているわけではありません。雪五尺の世界に感動しているのです。そして「是がまあ」とおどけて見せるのです。「ついの栖」とする決意を確認したといえるのです。

やせ蛙負けるな一茶これにあり

句の解釈 一茶のやさしさは、自身の幼児体験の裏返しともいえるものです。幼くして母を失い、義母に苛められたから、弱い者を見ると加勢したくなるのです。つまり「やせ蛙」は一茶自身でもあります。やせ蛙に語りかけ、励ますところに一茶の独自性があります。

雪とけて村いっぱいの子どもかな

句の解釈 五十歳を過ぎて故郷に戻った一茶の句には、幼児体験を思い起こしたものも多くあります。雪国では春の訪れを喜ぶ気分は強い。雪が解けて子どもたちが外へ飛び出してくるのは、実景とも、懐かしい思い出ともとれます。いずれにしても、一茶が心にとどめた春の躍動的風景です。

小林一茶は宝暦一三年（一七六三年）、現在の長野県上水内郡信濃町に貧農の長男として生まれました。三歳で生母が亡くなり、継母を迎えましたが馴染めず、十五歳のときに江戸に奉公に出されました。

俳諧の道を志したのは二十歳を過ぎた頃で、三十歳からの六年間は俳諧の修業のために近畿、四国、九州を遊歴。江戸に戻ってからは、俳諧の指導をしながら貧しい生活を送っていました。その一方、父の死後一〇年以上にわたって、継母と遺産相続で争わなければなりませんでした。

一茶は五十二歳のときに遅い結婚をして三男一女をもうけますが、いずれも幼くして亡くなり、妻にも先立たれます。その後二度の結婚をし、三人目の妻との間に一女をもうけますが、火事で家を失い六十五歳でその生涯を終えたのでした。

家庭的にも経済的にも恵まれない一生でしたが、一茶の残した句は二万句にも及びます。生活苦からくる自嘲的な作風のほかに、弱い者へのやさしい目線や、生活感あふれる素朴な句作が目を引きます。

俳句を革新した近代俳句の父 正岡子規

柿くへば鐘が鳴るなり法隆寺

句の解釈 柿を食べたから法隆寺の鐘が鳴ったわけではありません。本当は〈柿くへば金が無くなり法隆寺〉だという説もあります。子規が親友・夏目漱石から借りた金を使い果たしたから、というわけです。一般的には「柿を食べていたら法隆寺の鐘が鳴った」と解釈されています。

いくたびも雪の深さを尋ねけり

句の解釈 子規は結核のため、病床で俳句を作り続けました。寝ていては外の景色もわかりませんから、家人にたずねます。「いくたびも」たずねたのは、時間の経過で積雪量が増えるからです。寝たきりであるという作者の状況もよくわかる句です。

鶏頭《けいとう》の十四五本もありぬべし

句の解釈 この句も子規が病床にあったとき、寝たままで作ったものです。寝ていても庭の一部分は見えていたのでしょう。鶏頭の花が一四～五本はあるだろうと見当をつけたのです。多くを語ることなく詠んだ、つぶやきにも似た一句です。

俳句の世界にとどまらず、日本の近代文学に多大な影響を及ぼした正岡子規は、慶応三年（一八六七年）、現在の愛媛県松山市に生まれました。東京帝国大学国文科を中退した後、日本新聞社に入社。翌年から『日本』紙上に「獺祭書屋俳話《だっさいしょおくはいわ》」の連載を開始し、後に俳誌『ホトトギス』を創刊。「写生」を重視し、発想や表現の陳腐化した当時の俳句を批判し、俳句の革新運動を進めました。

学生時代から結核を患っていた子規は、三年間の寝たきり状態の間も文学活動を続けています。そして明治三五年（一九〇二年）年、三十五歳の若さで亡くなりました。

国立国会図書館HP「近代日本人の肖像」より

高浜虚子

季語を重視する伝統俳句を提唱

浴衣着て少女の乳房高からず

句の解釈 「高からず」というのは「少しふくらんでいる」ということです。高からずとして「まだ幼い」ながらも清潔な色気を醸し出しています。俳句は次の時点の風景を読者に想像させます。この少女もいつの日か豊かな胸の大人の女性になるだろうという期待感をもたせます。

大根を水くしやくしやにして洗ふ

句の解釈 擬態語は俳句ではなるべく避けるようにと指導されることが多いのですが、この句のようにぴたり当てはまる表現が見つかればよろしいのです。「くしやくしや」という言葉だけで、「洗う手の動き」や「水しぶき」の様子が見えてきます。

去年《こぞ》今年《ことし》貫く棒の如きもの

句の解釈 「去年今年」は新年の季語です。一夜にして、去年から今年にあらたまるあわただしさを感慨深く思う季語ですが、虚子は連続性のものとしてこの季語を使っています。虚子は年があらたまろうとも、自身の精神のゆるぎないことを実感しているのです。

正岡子規の死後、その仕事を引き継いだのが高浜虚子です。明治七年（一八七四年）、愛媛県松山市で生まれた虚子は、学生時代をともに過ごした河東碧梧桐を介して、正岡子規から俳句を学ぶようになりました。俳号の「虚子」も、子規から授けられたものです（本名は清）。

明治三〇年（一八九七年）、子規らとともに俳誌『ホトトギス』の創刊に参加。五年後に子規が亡くなると、俳句の創作は碧梧桐に任せて、小説の執筆に没頭するようになります。

しかし、碧梧桐が俳句の基本である季題や定型にとらわれない「新傾向俳句」を唱えるようになったため、大正二年（一九一三年）、俳壇に復帰。俳句は季語を重んじた伝統的な五七五調で詠まれるべきと、「花鳥諷詠」「客観写生」の理念を掲げました。

虚子は生涯を通じて二〇万句を超える俳句作品だけでなく、小説や写生文などでも多くの文学作品を残しました。また昭和九年には、はじめての本格的な「歳時記」を編み、その序文で季題に対する明快な見解を示しました。

近現代の俳人たち

芋の露連山影を正しうす　飯田蛇笏

句の解釈　「芋の露」は近景。「連山」は遠景です。芋は俳句では里芋のことです。作者は里芋の畑にいて、遠くの山並みを見ているのです。里芋の畑に露が降りるくらいですから、この日は晴れて山並みもくっきり見えるということ。影は山並みの形のことです。

まさをなる空よりしだれざくらかな　富安風生

句の解釈　千葉県市川市の弘法寺のしだれ桜を詠んだもの。句末の「かな」まで、ひといきに、しかしだらだらと読めば、しだれ桜のしなやかさが得られます。句は「より」で切れています。ここで、ちょっと間をおくことで後半の謎解きへの期待感をもたせることができるのです。

曳《ひ》かれる牛が辻でずつと見廻した秋空だ　河東碧梧桐

句の解釈　自由律俳句をリードした碧梧桐の代表句。肉にするために曳かれていく牛は、余命の少ないことを本能的に察知して秋空を見回していました。作者は牛が曳かれ去ったあと、青空の虚空を眺め、虚脱のままにいます。眺めている青空はあの牛が見納めた同じ空です。

【飯田蛇笏《いいだだこつ》】（一八八五〜一九六二）
山梨県生まれ。高浜虚子を敬愛し、『ホトトギス』に投句していた。重厚、剛直な作風で、作品の多くは山梨で詠んだものである。

【富安風生《とみやすふうせい》】（一八八五〜一九七九）
愛知県生まれ。東京帝国大学在学中に、水原秋櫻子らと東大俳句会を興す。虚子に師事し『ホトトギス』の同人に。逓信省の次官を務めた。

【河東碧梧桐《かわひがしへきごとう》】（一八七三〜一九三七）
愛媛県生まれ。虚子とは尋常小学校の同級生。子規門下で虚子と双璧といわれたが、定型にとらわれない新傾向俳句の先駆者となり虚子と対立。

俳句史に刻まれた名句と作者

足袋《たび》つぐやノラともならず教師妻　杉田久女

句の解釈　かつての美術への情熱を失い、田舎の美術教師に甘んじている夫との不仲が頂点に達していた頃の作。しかし『人形の家』の「ノラ」のように家を出て行くこともできず、足袋を繕っている自身を嘆く句です。当時イプセンの『人形の家』は評判作であったため理解を助けました。

啄木鳥《きつつき》や落葉を急ぐ牧の木々　水原秋櫻子

句の解釈　「とりあわせ」の句です。作者の耳には「啄木鳥」が木をつつく音が、まるで機関銃のように激しくつついているように聞こえているのです。眼に見える風景は牧場の林です。科学的に関係はありませんが、キツツキの音に落葉を急かされているように感じたのてす。

瀧《たき》の上《え》に水現れて落ちにけり　後藤夜半

句の解釈　昭和四年の作。虚子が絶賛し、『ホトトギス』の巻頭を飾ります。以来、滝の句の代表として君臨し続ける、客観写生の見本のような作品。滝そのものをストレートに詠むということは対象に正対するということ。俳句を始めたばかりの方には格好の教科書です。

【杉田久女《すぎたひさじょ》】（一八九〇〜一九四六）
鹿児島県生まれ。兄の影響で俳句をはじめ、『ホトトギス』に投句、同人に。女性だけの俳誌『花衣』を主宰。情熱的な句で「炎の女」と呼ばれる。

【水原秋櫻子《みずはらしゅうおうし》】（一八九二〜一九八一）
東京都生まれ。医師のかたわら虚子の『ホトトギス』に参加。俳人として名声を得る。後に『ホトトギス』を離脱し、俳誌『馬酔木《あしび》』を主宰。

【後藤夜半《ごとうやはん》】（一八九五〜一九七六）
大阪府生まれ。二十八歳のとき『ホトトギス』に投句し、虚子に師事。『蘆火《あしび》』、『花鳥集』（のちに『諷詠《ふうえい》』と改称）を創刊、主宰する。

近現代の俳人たち

入学の少年母を掴《つか》む癖　右城暮石

句の解釈　母親から離れることへの少年の漠然とした不安。どこかを掴まれている母親には多少の満足感と、将来、強く育ってくれるだろうか、という不安があります。この句が作者自身の思い出なのか作者の身内なのかは問題ではありません。入学には古昔《こせき》変わらぬ不安という詩が存在します。

鞦韆《しゅうせん》は漕《こ》ぐべし愛は奪ふべし　三橋鷹女

句の解釈　「鞦韆」は「しゅうせん」と読みます。意味は「ぶらんこ」のことで、「ふらここ」ともいいます。春の季語。鷹女が五十代になっての作品で代表作です。命令形で力強い不道徳のすすめの句。ぶらんこを漕いで気分が高揚した様子が感じられます。

白馬を少女涜《けが》れて下りにけむ　西東三鬼

句の解釈　解釈の分かれる句です。涜は汚、穢と同訓。白馬も神聖で清純な感じがありますが、作者の心情のどこかに獣としての白馬の存在があるのでしょう。処女崇拝の心情を犯されたのであろうと思われます。ちなみにこの句には季語がありません。無季の句です。

【右城暮石《うしろぼせき》】（一八九九〜一九九五）
高知県生まれ。松瀬青々の主宰誌『倦《けん》鳥《ちょう》』に入会。昭和二七年『筐《かたみ》』を創刊、のちに『運河』と改称。新興俳句の一翼を担った俳人。

【三橋鷹女《みつはしたかじょ》】（一八九九〜一九七二）
千葉県生まれ。夫が同人の『鹿火屋』の原石鼎に師事。当初は勝ち気で才気活発な作風だったが、老いや死を題材に激しく幻視的な句を作った。

【西東三鬼《さいとうさんき》】（一九〇〇〜一九六二）
岡山県生まれ。歯科医師のかたわら句作を行う。新興俳句運動に傾倒し、山口誓子らに師事。俳誌『激浪』、『断崖』を創刊、主宰。

俳句史に刻まれた名句と作者

秋の航《こう》一《いち》大《だい》紺《こん》円《えん》盤《ばん》の中　中村草田男

句の解釈　作者の草田男は船に乗っています。「一大紺円盤」とは、見渡す限り紺碧の海が広がり、水平線しか見えないという風景です。この大きな風景からズームインして自身を描いています。こんなにも大きな風景の中のちっぽけな私ということを実感しているのです。

夏草に汽《き》罐《かん》車《しゃ》の車輪来て止《とま》る　山口誓子

句の解釈　「大阪駅構内」での風景です。「汽罐車の車輪」の硬質と、「夏草」の軟質との「とりあわせ」を楽しむ一句。句は「夏草」というステージに「車輪」が登場して、停止するまでのドラマです。中七を字余りにすることで、車輪が止まりきれずに少し余分に回る感じを出す巧妙な句です。

虹二重《ふたえ》神も恋愛したまへり　津田清子

句の解釈　二重の虹を見て「神様も恋愛している」と感じたのです。作者の津田清子は幼くして母を失い、叔母に育てられましたが、「いいことはないから、結婚なんかするな」と教育されたのです。しかし二重の虹を見て、神様だって恋愛しているじゃないかと。恋愛を渇望する心が芽生えたのでしょうか。

【中村草田男《なかむらくさたお》】（一九〇一〜一九八三）
中国・福建省廈門《アモイ》で生まれる。高浜虚子に師事し『ホトトギス』に投句。加藤楸邨、石田波郷らとともに人間探求派と呼ばれた。

【山口誓子《やまぐちせいし》】（一九〇一〜一九九四）
京都府生まれ。高浜虚子に師事。『馬酔木《あしび》』同人になり、新興俳句運動の中心的存在になる。のちに『天狼《てんろう》』を創刊して伝統俳句の再興に寄与。

【津田清子《つだきよこ》】（一九二〇〜）
奈良県生まれ。橋本多佳子、山口誓子に師事。誓子の『天狼』、多佳子の『七曜』同人。昭和四六年『沙羅』を創刊、主宰。のちに『圭』と改称。

近現代の俳人たち

永き日のにはとり柵を越えにけり　芝不器男

句の解釈 「永き日」という季語には「退屈」があります。作者は退屈なままに鶏の行動を観察しています。そして鶏はついに柵を越えたのです。この句からは、鶏は柵を越えたのに自身は周りに築かれた柵を乗り越えることができないでいる、そのことを歯がゆく思ったことが見えます。

鰯雲《いわしぐも》人に告ぐべきことならず　加藤楸邨

句の解釈 難解俳句の代表ともいうべき作品です。俳句は風景を見ていて自身の脳裏に浮かんだことを書くもの。この句も自身の精神の記録ツールという点では正しいのです。「人に告ぐべきことならず」は、「告げてはならぬ」というよりも「人に言うほどのことではない」という意味にもとれます。

バスを待ち大路の春をうたがはず　石田波郷

句の解釈 昭和八年の作。当時、バスは時代の最先端でした。大路という歴史臭プンプンの風景に、「バス」という新時代を象徴するものをとりあわせたところが意表をつきます。句は「春をうたがはず」に、青春ただ中にいて、未来に希望をもつ自身の心境を重ねているのです。

【芝不器男《しばふきお》】（一九〇三〜一九三〇）
愛媛県生まれ。姉の誘いで俳句を始める。吉岡禅寺洞主宰の俳誌『天の川』に投句、注目を浴びる。生涯に残した句は一七五句のみだった。

【加藤楸邨《かとうしゅうそん》】（一九〇五〜一九九三）
東京都生まれ。中学校の教員のときに俳句を始め、水原秋櫻子が主宰する『馬酔木』の同人となる。俳誌『寒雷』を主宰。多くの俳人を育てた。

【石田波郷《いしだはきょう》】（一九一三〜一九六九）
愛媛県生まれ。農業のかたわら『馬酔木』に投句。戦地で発病した肺疾患に生涯苦しみ入退院を繰り返す中でも、人間探求の句を詠み続けた。

愛されずして沖遠く泳ぐなり　藤田湘子

句の解釈　涙を見せぬために沖遠くで泳いでいるのです。作者は誰から愛されなかったのか。その師から疎んじられたから……ともされます。愛されぬことの哀しみを詠ったものでしょう。孤独の苦しみを乗り越えるには自身を突き放すしかないことに、読者は共感するのです。

摩天楼より新緑がパセリほど　鷹羽狩行

句の解釈　エンパイアステートビルの一〇二階から、セントラルパークの新緑を見下ろしての名句。新緑をパセリと見たところに作者の表現力の並々ならぬものがあります。この句を「摩天楼の屋上の新緑を下から見上げている」と誤解した人がいて、作者はショックを受けていました。

天の川水車は水をあげてこぼす　川崎展宏

句の解釈　水車が水を上げてこぼす（落とす）音の連続性と、宇宙に横たわる天の川の悠久を「無限」の共通項でとりあわせた句。水を上げてこぼす水車は影絵のように黒々としていて、飛び散る水滴は星のように光ります。「水をあげてこぼす」の当たり前の表現がよろしい。

【藤田湘子《ふじたしょうし》】（一九二六〜二〇〇五）
神奈川県生まれ。『馬酔木』に入り、秋櫻子と波郷のもとで作句に打ち込む。その後、俳誌『鷹』主宰として多くの弟子を育てる。

【鷹羽狩行《たかはしゅぎょう》】（一九三〇〜）
山形県生まれ。山口誓子、秋元不死男に師事する。昭和五三年から俳誌『狩』を主宰。鋭い感覚と大胆な作風が特徴。現・（社）俳人協会会長。

【川崎展宏《かわさきてんこう》】（一九二七〜）
広島県生まれ。加藤楸邨に師事し俳誌『寒雷』の若手として頭角を現す。戦同人誌『貂《てん》』を創刊、主宰した。戦没者への鎮魂は作句の柱のひとつ。

▼力が身につく名句鑑賞術②

個性的な文人俳句を読む

文人ならではの独自の表現力や発想がある俳句

小説家や詩人たちの俳句を文人俳句といいます。明治から昭和にかけて活躍した多くの文人たちの中には、実は俳句愛好者が多いのです。彼らの俳句は個性的で、その発想や意匠は独特のものがあります。

文豪・夏目漱石は、第一高等中学で正岡子規と知り合い、俳句の弟子となって、子規が没した後も高浜虚子と交流を続けました。生涯で詠んだ句は諧謔《かいぎゃく》や滑稽味に富んだものを中心に二六〇〇句余りもあります。

その漱石が作家として才能を認めたのが芥川龍之介。幼少時から俳句を愛好し、九歳で〈落葉炊いて葉守の神を見し夜かな〉の句を作ったといいます。龍之介は古俳句を好み、三五年という短い生涯の中で六〇〇余の句を残しました。俳号は我鬼。独自の俳風をもつ彼の俳句は秀句が多く、数ある文人俳句の中でも非常に高い評価を得ています。

物理学者で文学者の寺田寅彦は、熊本の高校時代、漱石に英語を習ったことで漱石家の句会に参加、俳句を始めるようになります。文壇・演劇界で幅広く活躍した久保田万太郎は、俳句にも並々ならぬ熱意をもっていました。詩人であり小説家の佐藤春夫や、同じく詩人の三好達治も俳句を愛好し、句を残しています。

ほかにも昭和を代表する小説家・太宰治も俳句を好み、しばしば句会を開いています。明治文壇で「紅露時代」を築いた尾崎紅葉、幸田露伴も愛好者でした。そんな彼らの個性あふれる作品を味わってみましょう。

国立国会図書館HP
「近代日本人の肖像」より

叩かれて昼の蚊を吐く木魚哉《かな》　夏目漱石

句の解釈　木魚を擬人化して詠んだ可笑《おか》しみのある俳句です。叩かれてびっくりした蚊が木魚を飛び出したのです。しかし蚊が飛び出したぐらいで、読経をやめるわけにはいきません。ご住職は平然として木魚を叩き続けているのです。

青蛙おのれもペンキぬりたてか　芥川龍之介

句の解釈　エナメル仕上げのようなアマガエルの緑色。そのアマガエルの美しさと生命力に感動して、語りかけています。乱暴な口調で蛙への親近感を表出。龍之介はこの蛙に出会う前に、ペンキ塗りたての公園のベンチでズボンを汚しています。だから「おのれも」となったのです。

木がらしや目刺《めざし》にのこる海のいろ　芥川龍之介

句の解釈　目刺は春の季語ですが、乾物だから季節感は若干弱い。「木がらし」で切れているから、木がらし（冬）が主たる季語です。作者の耳には「木がらし」、眼には「目刺」の海の色があります。自然界の凄絶な音と色に感動の一句。

【夏目漱石《なつめそうせき》】（一八六七〜一九一六）

現・東京新宿区に生まれる。正岡子規、高浜虚子と親交が深い。子規は新聞『日本』に漱石の句を取り上げ、意匠の斬新や滑稽思想を賞賛した。『吾輩は猫である』『坊っちゃん』など、漱石の代表作は、虚子の『ホトトギス』で発表された。小説家。

【芥川龍之介《あくたがわりゅうのすけ》】（一八九二〜一九二七）

現・東京中央区に生まれる。幼少から俳句を詠み、『ホトトギス』に投句を続けた。俳句の作風は穏健で、秀句が多い。写生を柱とした古俳句調の句で、洗練された都会的なものが多い。俳号は我鬼《がき》。小説家。

国立国会図書館HP「近代日本人の肖像」より

礼状は書きぬ虫喰《く》ひの栗ながら　佐藤紅緑

句の解釈　佐藤紅緑は明治三四年（一九〇一年）に滑稽俳句集を編んでいます。この句は、前半で「礼状は書いた」ことを言い、後半で「いただいた栗には虫が喰っていたがね」と恨みまがしく落していいます。裏切りの構成は滑稽の基本であり、滑稽の勘どころを押さえています。

しべりあの雪の奥から吹く風か　寺田寅彦

句の解釈　昭和三年の作で、シベリアからの寒気団を詠んだのは当時としては斬新な句材でした。寅彦は熊本第五高等学校の学生のときに夏目漱石を訪ね、俳句について質問したことが縁で俳句にのめり込みます。理学博士らしいつくりの句です。

まゆ玉や一度こじれし夫婦仲　久保田万太郎

句の解釈　昭和三一年の作。万太郎夫妻は前年に鎌倉から東京・湯島に居を移します。新年を迎えて縁起物の「まゆ玉」を居室に飾ったが、万太郎の女性関係がもとで夫婦仲はこじれたまま。まゆ玉にある天真爛漫な明るさと、この部屋の人間の暗さを対照的に詠んで開き直った様子がうかがえます。

【佐藤紅緑《さとうこうろく》】（一八七四〜一九四九）
現・青森県弘前市生まれ。子規から俳句の手ほどきを受け、新聞社勤務のかたわら句作をする。のちに俳句から遠ざかり、少年少女作家になる。俳号の紅緑は子規の命名。

【寺田寅彦《てらだとらひこ》】（一八七八〜一九三五）
東京生まれ。夏目漱石家の句会に参加して俳句を始める。漱石の推薦で『ホトトギス』や新聞『日本』に句が掲載された。連句に関する研究も多い。物理学者・文学者。

【久保田万太郎《くぼたまんたろう》】（一八八九〜一九六三）
現・東京都台東区生まれ。戯曲、小説、脚色、演出、放送など多方面で活躍。府立三中に通う中で俳句をはじめる、松根東洋城に師事。俳号は暮雨《ぼうう》、傘雨《さんう》。

影ふかくすみれ色なるおへそかな　佐藤春夫

句の解釈　昭和三九年に、ミロのヴィーナスが日本に来ました。その折、佐藤は特別に見学者のいないところでヴィーナスと対面して、その肉体美に酔ったのです。ほかにも恍惚の裸身賛歌の秀句を残しています。〈春灯女神の背筋なまめける〉〈宝石の如きおへそや春灯〉

水に入るごとくに蚊帳をくぐりけり　三好達治

句の解釈　蚊帳に入って四囲を眺めると、深海にでもいるような錯覚にとらわれることがあります。蚊帳という別世界に入る心境を、「水に入る」と詠んだのが、いかにも詩人らしい感性です。『三好達治全集2』に「路上百句」としてまとめられた句のひとつ。

旅人よゆくて野ざらし知るやいさ　太宰治

句の解釈　「野ざらし」は、死んで「しゃれこうべ」となること。この句は芭蕉の〈野ざらしを心に風のしむ身哉〉を意識しているのでしょう。人間は旅人。いつ死ぬかわからぬもの。明日の死に向かって旅をしているのだと、自身も含めて呼びかけているのです。太宰は三十八歳で愛人と心中しています。

【佐藤春夫《さとうはるお》】（一八九二～一九六四）
和歌山県新宮生まれ。『田園の憂鬱』で小説家デビュー。『殉情詩集』で古典的抒情詩人として評価された。少年時代から俳句にも親しみ、句集も出した。詩人・小説家。

【三好達治《みよしたつじ》】（一九〇〇～一九六四）
大阪府大阪市生まれ。萩原朔太郎《さくたろう》に師事、昭和前期の叙情詩を代表する詩人。俳句は中学からはじめ、終生愛好した。古典的格調のある作風。

【太宰治《だざいおさむ》】（一九〇九～一九四八）
青森県生まれ。『斜陽』や『人間失格』などで知られる小説家。「朱麟堂と号して俳句に凝つたりしてゐた」と『東京八景』に本人が書いているように、俳句に熱意をもった時期があったようだ。残された句は少ない。

やぎ★けん俳句塾
その四

「海外旅行に行ったら海外詠にチャレンジ！」

海外詠の六カ条

一、日本の季節を忘れろ
二、日本の季語にこだわらない
三、土地のうわべをなでるな
四、地名を読み込め
五、特産物や動植物を読み込め
六、旅日記と割り切れ

日本の季節は忘れて現地との関わりを詠む

海外旅行をする人は年間二〇〇〇万人に近づいています。俳人も新鮮な句材を求めて海外へ行きますが、ほとんどの人が「季語をどうしようか」と悩みます。日本は夏。でも同じ北半球なのにこの国は寒い……という場合があります。ですから、海外で俳句を詠むときは「日本の季節を忘れなさい」なのです。

豪華客船にっぽん丸で六月中頃にアラスカへ行ったとき。船内俳句教室の生徒さんの作品に、〈重ね着の腕をひろげて大氷河〉（千葉和子）があります。日本は夏でもアラスカで感じた季節は冬。冬の季語「重ね着」が当てはまるわけです。日本の季節を忘れたからできた句です。

「海外詠には季語を使わなくてもよいのですか？」という質問を受けます。「大自然を眼の前にして感じたままを詠みましょう」が正解。無理に季語を使わなくてもよいのです。〈熱砂踏むサンタモニカだと叫び〉（上之薗久）の句。熱砂は季語ではないけれど、夏の感じが出ています。このように「地名を詠み込む」のは賢い方法です。読み手は地名から気候を推し量ることができるからです。〈ホノルルやいちばん先にアロハ買ふ〉（澤田康廣）の句のように、その国で食べたり買った物を詠むことで、その地の産物も記録されます。〈アロハシャツ値切る右手を下に押し〉は私の句です。二〇ドルが一五ドルになりました。このように、現地との関わりを思い出させるものを詠むのがよろしいですね。

第四章

詠むだけじゃない 俳句の楽しみ

いい句が詠めたらそれで満足、ではもったいない。
ほかの趣味とのコラボレーションができるのも
シンプルな文字であらわす俳句の魅力。
世界でひとつのオリジナルが作れる「俳句アート」に、
同好の輪を広げる仲間づくりまで、
俳句から広がる楽しみはいろいろあります。

やんぎけん流★

異素材と俳句のコラボレーション

俳句アートを楽しもう

俳句と絵のコラボレーションといえば、芭蕉の時代から「俳画」というジャンルが確立されています。画人としても一流だった与謝蕪村をはじめ、絵が決して上手とはいえなかった小林一茶まで、当時のたいていの俳人は俳画を描いていました。

現代でも、俳画を趣味で楽しむ人はたくさんいます。しかし絵に自信のない人には、墨絵や水彩画の世界は敷居が高いかもしれません。そこで、絵心がなくても、誰でも楽しめる俳句アートをおすすめします。

俳句アートは身近な道具ですぐに作れるのが、いちばんの魅力です。絵心も必要なし。少しヘタなくらいのほうが、不思議と「俳味」といわれる味わいが生まれるのです。

俳句プラス切り絵

切り絵と俳句を組み合わせた俳句アートは、とても手軽なのに独特の味わいが出せる、俳句初心者にもおすすめのアートです。組み合わせる俳句のイメージで絵柄を切り、それをいろがみに貼って俳句を書き込めばOK。額に入れてインテリア小物にしたり、四季折々の挨拶状として、お世話になっている方に送るのも。季節感のあるひと味違ったオリジナルの絵手紙に、送った相手にも喜んでもらえることうけあいです。

額に入れたりハガキにして友人に送ったり、世界にひとつのオリジナル俳句アートを楽しもう。

切り絵

切り絵の俳句アートの作り方

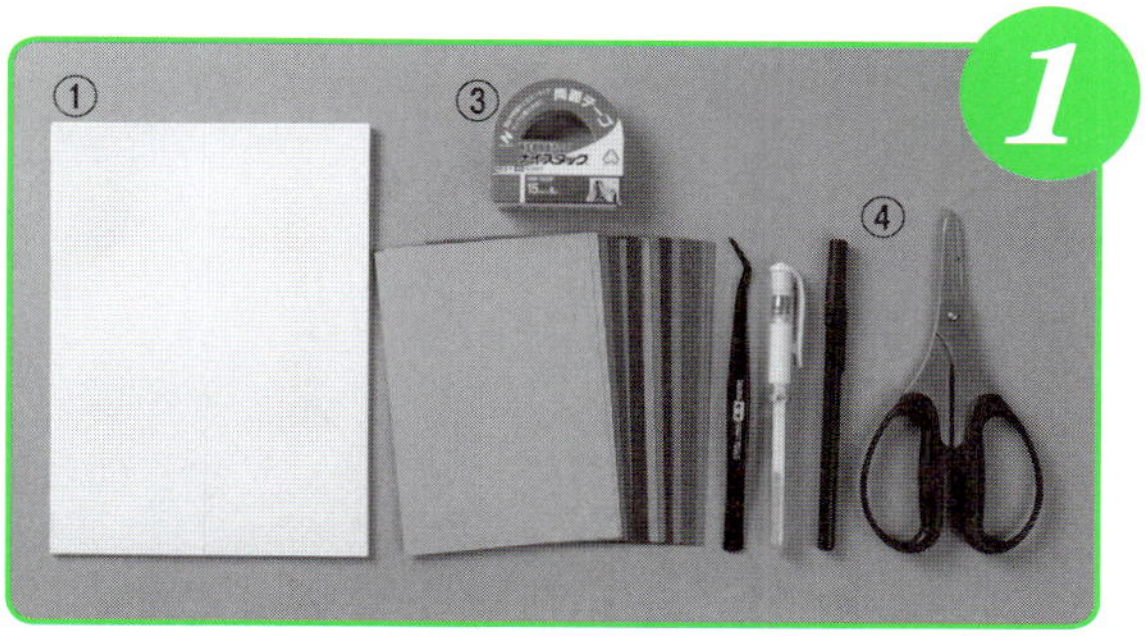

準備

①コピー用紙など原画を描く白い用紙　②ハガキ大のあまり薄くないいろがみ。切り抜く絵の用紙として、また切り絵を貼る台紙としても使用　③両面テープ　④ピンセット、ペン、ハサミやカッター

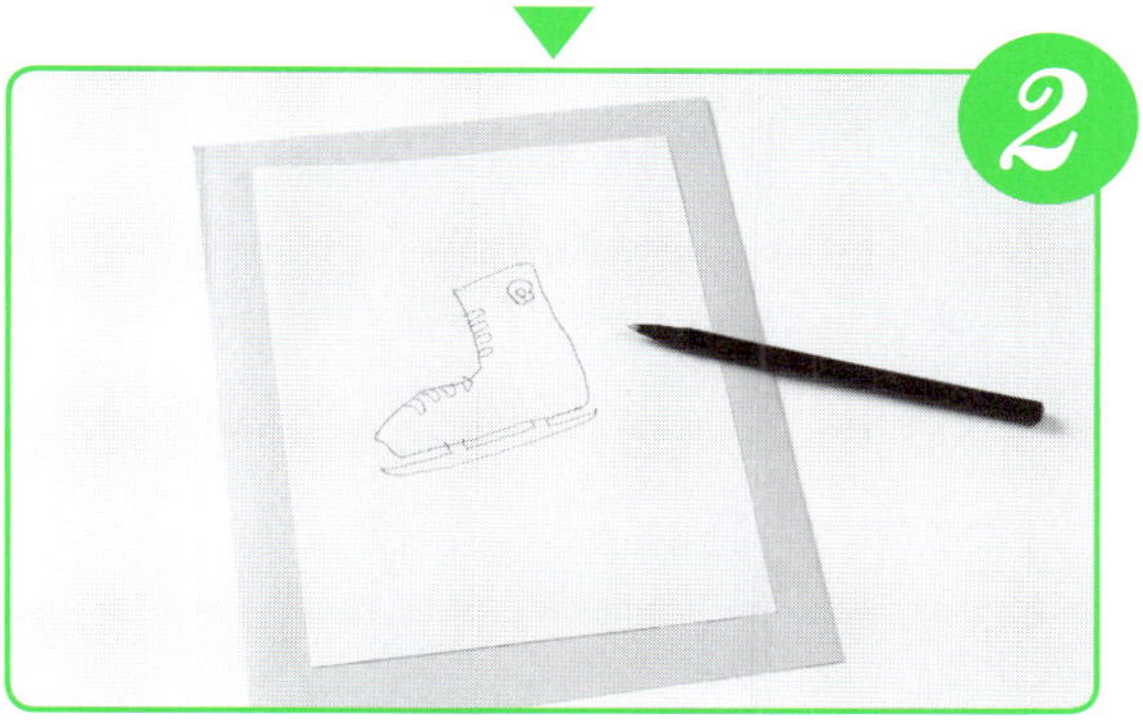

下絵を描く

自作の俳句や好きな俳句のイメージで、下絵を描く。俳句の中のひとつの言葉にフォーカスして、シンプルな絵柄にするのがポイント。

切り抜く

絵柄のイメージに合ういろがみに、下絵を重ねて少し大きめに切り取る。いろがみの裏に両面テープを隙間なく貼る。もう一度下絵を重ねて、今度は下絵どおりにいろがみを切り取っていく。正確な線で切り抜くよりも、フリーハンドのようなラフな形に切り抜くほうが味わいが出る。

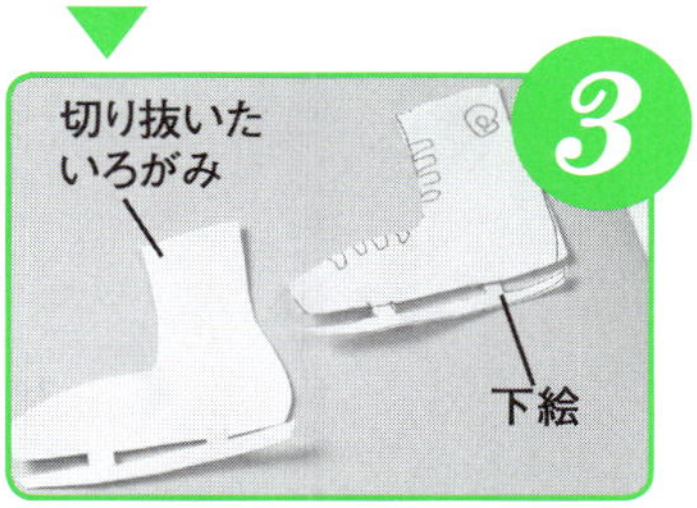

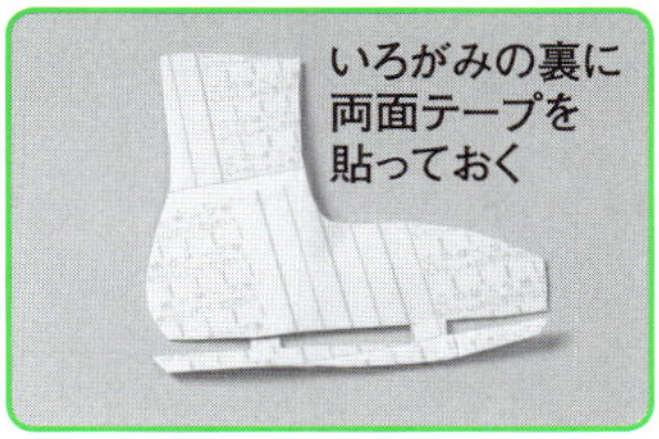

台紙に貼る

切り抜いたいろがみの裏の両面テープをはがし、台紙に貼りつける。俳句が入る位置を考えて、上下左右にバランスよくずらして貼る。スケート靴の紐の部分なども、別のいろがみで同じように作り、貼り込む。

俳句を書く

余白に俳句を書き込む。いろがみに書くため、ペンは白なども用意しておくとよい。

完成!

額に入れて飾れば、世界にひとつのオリジナル俳句アートのでき上がり！

焼き物

俳句プラス 焼き物・かまぼこ板

焼き物に俳句を書いて、さらにちょっとした絵までつけてみるのはどうでしょう。陶芸を趣味にしている人は多いでしょうから、陶芸と俳句、二つの趣味のコラボレーションはきっと楽しいはず。でき上がった作品は、友人に自慢したくなる一品になること間違いありません。

焼き物に書き入れる俳句や絵は、うまい筆跡よりも崩した文字が、美しい絵より単純で子どもの絵のようなタイプが〝それっぽく〟見えます。まずは小皿から、右の作品例を参考に、「焼き物の俳句アート」にチャレンジしてみてください。

自分が作った俳句アートで食卓を飾ってみよう。いつもの食事もひと味違う?!

焼き物の俳句アートの作り方

1

俳句を作る

複雑な絵柄が必要な俳句は避け、単純な絵にしやすい句がベスト。

2

素焼きの皿を作る

陶芸教室などで好みの形、大きさの素焼きの皿を作る。陶芸初心者は小さな皿からチャレンジを。

3

絵付け

乾燥と窯入れを終えて素焼きの皿が完成したら、釉薬をかけ、絵付けをする。仕上がりイメージに近くなるのかを考え、陶芸教室の講師などに相談しながら絵付けをしよう。

4

完成

本焼きを終えて窯出しで完成! 実際に食卓で使うもよし、存在感がある大皿ならインテリアとして飾ってもいい。

かまぼこ板の俳句アートの作り方

1

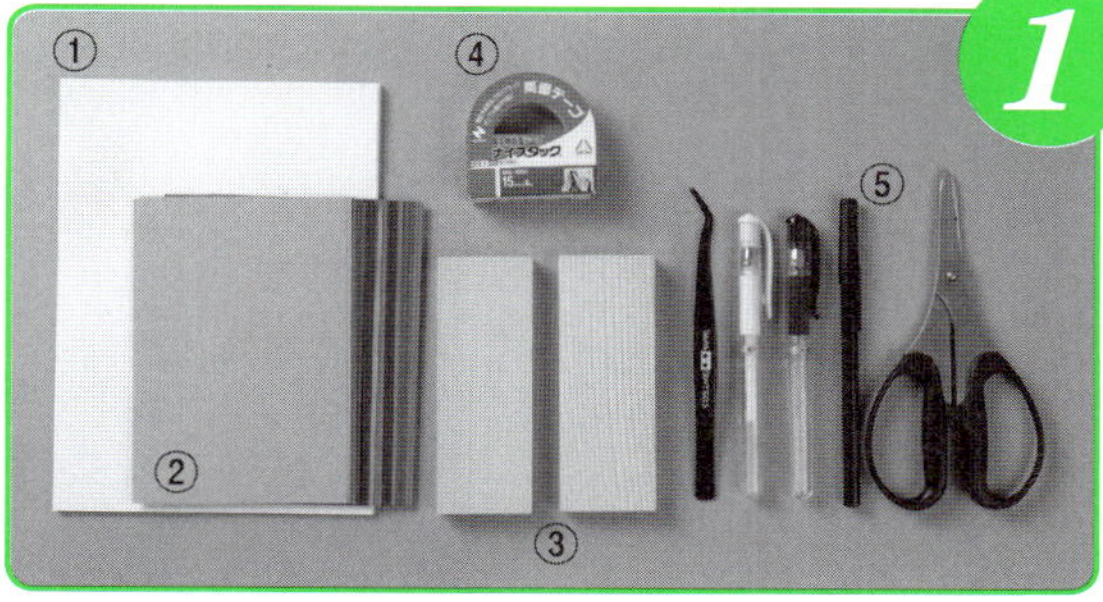

準備

①コピー用紙など原画を描く白い用紙　②ハガキ大のあまり薄くないいろがみ。切り抜く絵の用紙として使用　③かまぼこ板　④両面テープ　⑤ピンセット、ペン、ハサミ

2

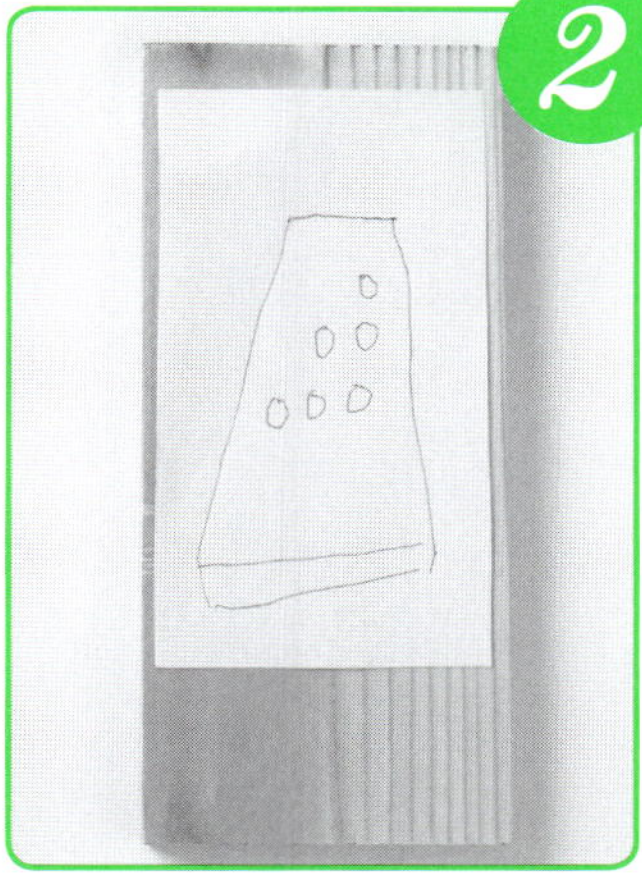

下絵を描く

かまぼこ板の上に下絵用の紙を載せ、自作の俳句や好きな俳句のイメージで下絵を描く。俳句の中のひとつの言葉にフォーカスしたシンプルな絵柄で。

3

切り抜く・板に貼る

「俳句の切り絵アート」と同様に、裏に両面テープを貼ったいろがみに下絵を重ねて切り抜く。いろがみの裏の両面テープをはがし、板にじかに貼りつける。どの位置に俳句を書くのか、バランスを考えて貼ること。小さな種の部分などはピンセットを使おう。

4

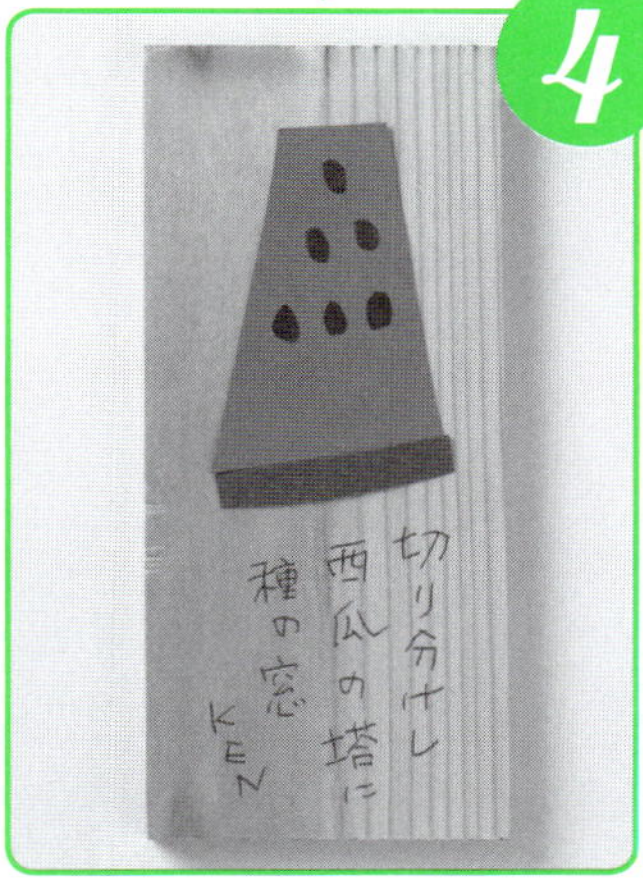

俳句を書いて完成!

余白に俳句を書き込む。板の裏などでペンの滲み具合を試してから書くとよい。最後に自分のサインを入れて、不思議な味わいの俳句アートが完成!

かまぼこ板

あの独特の形と木の風合いが、俳句の世界観をさらに広げてくれる、かまぼこ板を使った俳句アート。作り方の基本は「切り絵の俳句アート」と同じ。貼りつけるベースがかまぼこ板になっただけです。ただ、一般的なかまぼこ板は思ったよりサイズが小さいので、はじめての人には絵や文字が入れにくいかもしれません。まずは、ホームセンターなどにある手頃な端材を練習台にしてみるのもおすすめです。文字や絵の配置のバランスに慣れたら、かまぼこ板アーティストとしてデビューです。

エコロジーにも貢献?　食べ終わったかまぼこ板は俳句アートにリサイクル。数枚を合わせてひとつの作品に仕上げるのもGOOD。

俳句アート

いますぐできる写真俳句

どの花を
剪らむ紫陽花
みな美しき
たんぽぽのわた毛を吹けば芯残る
居心地は
いかが濡れ縁の
日向ぼこ

パソコンやプリンターに備わっているフレームや簡単な加工機能を使ったり、文字の配置を工夫したりと、いろいろ試してみましょう。

創作の幅を広げる写真俳句の世界

最近、誰でも手軽に楽しめる俳句を使った創作表現として人気なのが「写真俳句」です。これは気軽に撮影できるデジタル写真と俳句を組み合わせて、自分だけの作品を作り上げるというもの。俳句だけでもない、写真だけでもない、二つの表現が組み合わさることで、新しい作品が生まれます。また写真俳句は毎日の生活で印象に残ったことの日記として、あるいは旅や行事などの思い出を記念に残すのにも最適です。

写真俳句は思い立ったらすぐに始められます。カメラは何枚でも撮り直しができるデジタルカメラがおすすめ。デジカメがなければ、カメラ付き携帯電話でもよいでしょう。最近の携帯電話のカメラは高精度で、画像もクリアなものが多いですから、小さなサイズでプリントするならOKです。フィルムを使う従来のカメラでも撮影するだけならよいのですが、パソコンやプリンターで加工して写真俳句を楽しむなら、やはりデジカメなどが手軽です。

カメラの準備ができたら、あとは写真を撮って俳句を詠むだけ。メモリーカードなどの記録メディアのほか、写真の整理や保存、加工ができるパソコンやプリンターがあると、創作の幅が広がります。

組み合わせ自由自在に写真と俳句をコラボ！

では実際に写真俳句を作るとき、写真が先か、俳句が先か、どちらが

かんたん写真俳句の作り方

気に入った風景を写真に撮る

家の中でも外でもよく見渡せば、そこは俳句の題材の宝庫。普段からデジカメなどを持ち歩いて、「これだ」という瞬間をパチリ。

俳句を作って写真と合体

素直な心を俳句に託して、写真に合う俳句を作る。パソコンに写真を取り込み、俳句をレイアウトしてみる。

みんなに発表

自分で楽しむだけでなく、絵はがきを作って友人に送ったり、自分のブログをもっているなら、みんなに公開して自慢しよう。

いいのでしょう。簡単なのは、最初に写真を撮って、あとでその写真を見ながら俳句を詠んでみる方法です。

慣れてきたら、撮影と同時に一句詠む、あるいは詠んだ句に合わせたモチーフを撮ってもいいでしょう。また誰かの撮った写真に自分の俳句を合わせる、逆に誰かの句に合わせた写真を撮るなど、写真俳句のコラボは自由自在です。とはいえ俳句が先にある場合、その内容にぴったり合う風景を見つけるのは難しいもの。句を説明する写真ではなく、大きなイメージでとらえた写真でもいいのです。句が入ることで、なんとなく雰囲気のある作品に仕上がります。

写真を見て俳句を作るなら、写っている何を主題にするのか、どんなキーワードがあるのか、何を連想させるのかなどを考えて詠みましょう。撮影をする際のコツも同じ。撮りたい主題は何か、どんな構図が効果的かなどを考えます。場合によっては、主題をフレームの中心からはずすのもひとつの手法。なお、街中で写真を撮るときには、写る人にひと声かけるなど心づかいを忘れずに。

パソコンが苦手でも写真俳句が作れる超お手軽アイテム

写真俳句には興味があるけど、パソコンが苦手という人は、機能を絞ったデジタル写真プリンターを使ってみましょう。電機メーカー各社がさまざまなタイプを出していますが、いずれもデジカメや携帯電話のメモリーカードをセットするだけの簡単操作が特徴。また機種ごとのオリジナル機能もあります。たとえばカシオの「プリン写《しゃ》ル」なら、俳句入力もパソコンいらず。写真俳句用のフォーマットがあり、俳句入力もキーボードやタッチペンで簡単にできるオリジナルの機能をもっています。こうした便利アイテムで俳句の楽しみを広げましょう。

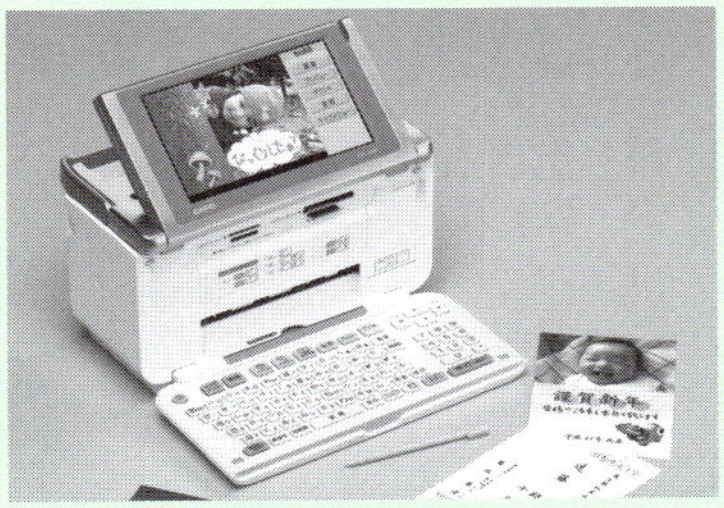

パソコンなしでも写真俳句が楽しめる、カシオのデジタル写真プリンター「プリン写ル」（PCP-1200）

※「写真俳句」は森村誠一氏の登録商標です

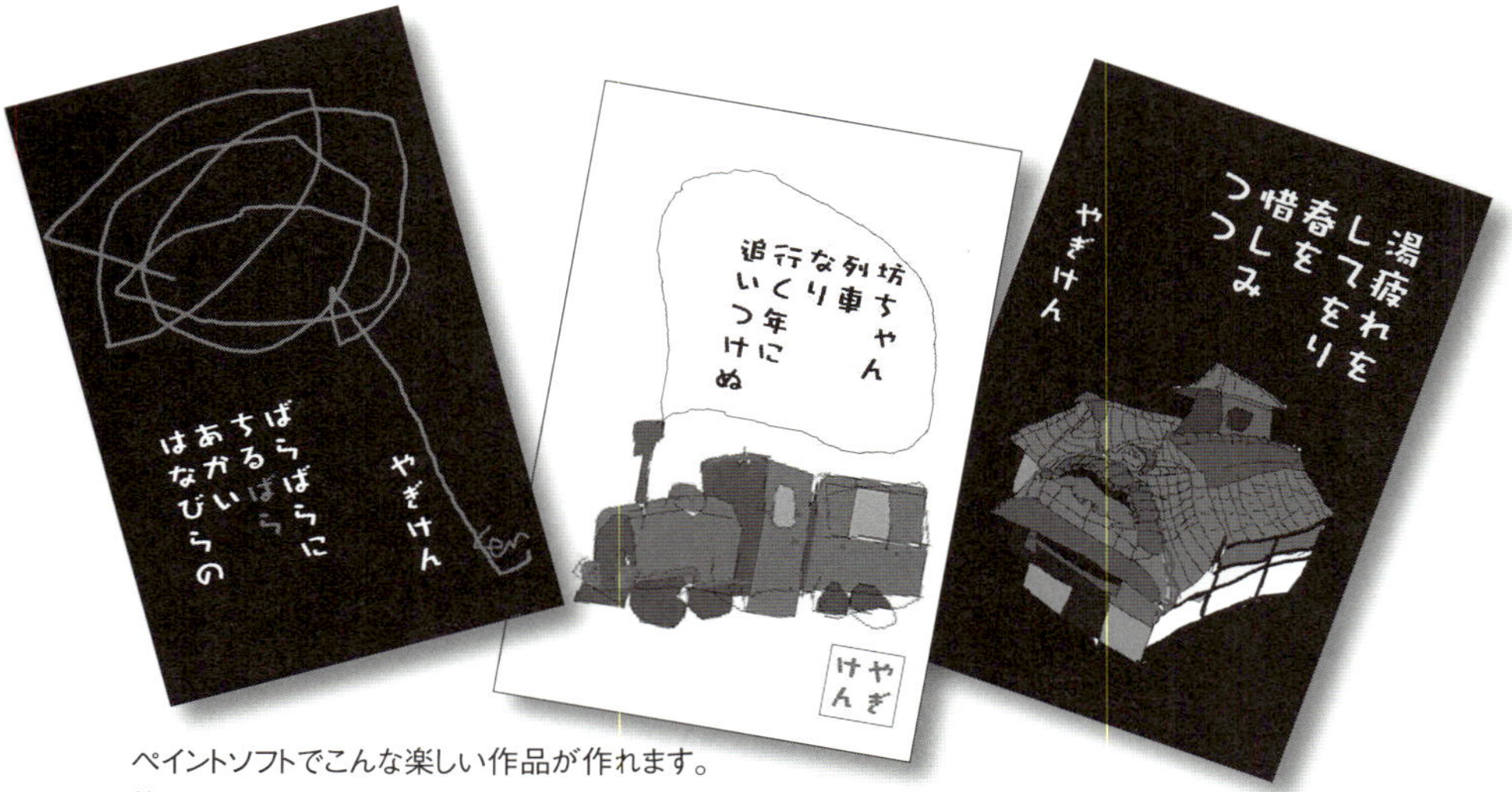

ペイントソフトでこんな楽しい作品が作れます。
皆さんもぜひチャレンジ！

▼俳句アート

パソコンで楽しむ俳句とアート

プリンターも活用し俳句アートで遊ぼう！

自分のパソコンとプリンターを使って、年賀状の宛名や絵柄を自宅で印刷する人が増えています。それができれば、パソコンの機能を使って俳句アートを作るのも簡単です。初心者向けのペイントソフトがあれば、フリーハンドの線や色づけも簡単。パソコンなら何度でも描き直せますし、自分の感性で色づけしてもおもしろいでしょう。絵に自信がない人なら、写真などを見ながら描いてみみしょう。〝ヘタウマ〟風のタッチが不思議な味わいを醸し出します。文字もフリーハンドで書き文字にしたり、変わったフォント（文字の書体）でおもしろさを出したりと、遊び感覚で使えるはずです。

パソコンで直接描くのが難しいなら、紙に手描きして色づけした絵を使いましょう。手持ちのプリンターにスキャナー機能がついているなら、スキャナーで絵をパソコンに取り込むだけ。それに自作の俳句を加えれば、オリジナルの俳句アートが完成です。プリントして額に入れて飾ったり、絵葉書にして友人に送ってみてはどうでしょう。俳句も絵も自分だけのオリジナル作品です。自己満足で終わらせず、友人知人に送って自慢のタネにしてみては？

パソコンとプリンターを使いこなせば、俳句アートの幅はさらに広がります。自作の俳句が入った卓上カレンダーや、タオル、Tシャツなどを作ってもおもしろいでしょう。創作の幅が広がれば、俳句作りもさらに楽しくなるはずです。

俳句は最高の贈り物
～メモリアルな日に一句

冠婚葬祭に贈る一句 心を込めた慶弔句

結婚や就職、入学などのお祝い、あるいはお悔やみの際に贈る俳句が慶弔句です。社会人であるならば、冠婚葬祭など、一年の間に少なくとも何回かは慶弔句を作る機会があります。慶事なら事前に準備はできますが、訃報は突然のこと。そのときに心のこもった句が詠めるよう、作り方をマスターしておきましょう。

慶弔句を作るコツは、お祝いやお悔やみの言葉、あるいは自分の気持ちと季節感の組み合わせにあります。慶句なら、「おめでとう」の気持ちをほかの言葉に置き換えて表現すること。結婚の際の慶句なら、華やかなイメージの素材を盛り込みます。

〈初蝶のとびたつ朝となりにけり〉

弔句なら悲しみや嘆きを季語の動きに込めることで、より深い哀悼の気持ちが伝わるでしょう。

〈哀しみの色を濃くして梅雨の空〉

●慶弔句作りのポイント

出来事・行事	作句のヒント
合　格	「おめでとう」の言葉は使わないほうがよい。説教気味でもOK。
入　学	新鮮さや感動の気持ちを詠み込む。逆説的な表現もよし。
卒　業	ともに祝う気持ちを忘れずに。旅立ちや制服、桜など要素は多い。
入　社	社会へ出る期待感と緊張感を詠む。新しいスーツや靴など要素も多い。
誕生日	年を重ねることの意味を考えるような内容がよい。
結　婚	明るさや喜びのあるイメージの季語を選んで、華やかに詠む。
妊　娠	定番ではあるが、コウノトリとやさしいイメージの季語を組み合わせる。
出　産	母親になった本人のことだけでなく、相手の家族の身になって詠む。
優　勝	喜びをともにする気持ちで。優勝の場にいない場合は推定の写生を。
弔　句	悲しみ、嘆きを季語の動きに込める。故人との思い出を入れてもよい。
母の日	やはり定番ではあるが、カーネーションを入れる。もしくはバラ。
父の日	普段の疎遠を詫びるような内容がよい。
落　成	夏の家として描く。色彩や屋根、窓などを詠み込む。
賀　寿	長寿のお祝いはお元気ぶりを植物などに例えてもよい。

やんげぎ流★ もっと楽しむ俳句の世界▼仲間づくり

カルチャーセンターで同好の士と学ぶ

カルチャーセンターの講座では、提出した句の相互批評と講評で実践的に学べる。

同好の士と一緒に俳句作りを楽しむ

俳句はいつでもどこでも、そして誰でも作ることができるものです。けれども同好の仲間がいると、あるいはの作品を講評し合ったり、互いに吟行に出かけたりと、句作の楽しみが広がってきます。こうした仲間作りのために、あるいはやはり基礎から俳句を学びたい人は、各地にあるカルチャーセンターの俳句講座を受講するのもおすすめです。

カルチャーセンターの俳句講座は、実作の添削を中心に進めるものが多く、俳句の上達に効果的です。また俳句の歴史など、俳句に関する知識を蓄える機会になります。講師も名の知れた俳人や結社の主宰者などが多く、確かな指導力が期待できます。それこそがカルチャーセンターで学ぶ大きなメリットなのです。

俳句講座は、「初級講座」や「初めての俳句」といった初心者向けのコースから、句会や大会で入選を目指す人の実力養成のためのコースまでさまざま。同じ「初級講座」でも、講師ごとに数講座開設されていることもあるので、学びたい講師や自分のレベルに合わせて選べます。

講座の開講は、一般的には毎月一～二回、三カ月から半年間のコースが基本。受講料はさまざまですが、一～二万円前後が多いようです。

講座の内容は、俳句の基本学習と実作が主流です。一回につき三～五句を受講者が提出し、それを講師が添削、あるいは受講生同士で批評を行ったりもします。吟行などのイベントを開催することもあるので、積極的に参加してみるのも楽しいものです。また自治体が主催する俳句講座や、地元の大学が一般に開放する社会人講座としての俳句教室などもあるので、これらを利用してみるのもいいでしょう。

自宅で学びたい人は通信講座やネットが便利

近くにカルチャーセンターがない、時間がなくて通えない、という人には通信教育の俳句講座があります。通信講座は自宅でできる点がいちばんの特徴ですが、個別の添削指導が基本なので、実作のコツや表現技法など、自分に合った指導が受けられる点もメリットのひとつです。

通信講座は一人で学習するため、自分がどの程度上達したのか不安に思うこともあるでしょう。しかし、定期的なスクーリング（公開講座）や吟行ツアーなど、受講者が集える機会を設けている講座もあります。こうした機会に同行の士との積極的な交流をはかることもできます。

またパソコンをよく使う人には、インターネットの俳句講座や添削講座などがおすすめです。大きな俳句団体や結社などでは、ホームページ内でそうした講座を開設しています。通常、添削指導は団体の会員にならないと受けられませんが、会員になると吟行などのイベントや句会への参加もできます。そういった場で生まれる新たな出会いもまた、俳句の楽しみのひとつなのです。

●俳句講座のあるカルチャーセンター&通信講座

	名称	俳句講座の内容　※受講場所	問い合わせ先
カルチャーセンター	NHK文化センター	実作中心に句の講評をする形式が中心。 ※全国55カ所すべてで俳句講座を開講。	☎03-3475-1359（エヌエイチケイ文化センター） 【HP】http://www.nhk-cul.co.jp/
	読売・日本テレビ文化センター	実作中心の講座から芭蕉学まで幅広い講座。 ※首都圏23カ所すべてで俳句講座を開講。	☎03-3642-4301（読売・日本テレビ文化センター） 【HP】http://www.ync.ne.jp/
	朝日カルチャーセンター	入門者から上級者向け講座まで各種。 ※新宿・大阪・名古屋など全国主要都市13カ所で俳句講座を開講。	☎03-3344-1941（朝日カルチャーセンター・新宿） 【HP】http://www.asahiculture.com/
通信講座	NHK学園	「はじめての俳句」から「俳句（入門・実作・実作集中添削・友の会）」の5コース設定。常勤の講師が質問にも対応。	☎042-572-3151（NHK学園 生涯学習） 【HP】http://www.n-gaku.jp/life/index.html
	生涯学習のユーキャン	「俳句入門講座」を開設。個人の実力に合わせた柔軟性のある添削指導を行う。	☎03-5388-7751（生涯学習のユーキャン） 【HP】http://www.u-can.co.jp/

▼仲間づくり

句会に参加してみよう

批評をし合うことでレベルアップができる

俳句を詠む人同士が集まり、自作の句を発表したり互いの句について意見を交わす集まりを俳句会、略して「句会」といいます。句会は数人で行うものから、百人以上が参加するものまでさまざまです。

参加者は、まず事前に出句する句を作ります。句は、季節に合った季語で自由に詠む「当季雑詠」と、決められた季題で作句する「題詠」の二つがありますが、どちらかだけでもかまいません。

句会当日は、用意した句を短冊に書いて無記名で提出します。この短冊は混ぜられて清記され、一覧表にして配られます。参加者は自分がよいと思う句を選び（選句）、選句用紙に書き写して提出。続いて参加者の票を集めた句が発表され（披講）、句の批評・添削となります。参加者は選句の理由を発表したり、批評を行います（合評）。その後、作者が名乗り出ますが、この前後に、指導者の批評を受けることもあります。

句会は、自分の句が人にどう受け取られるかを知るよい機会。自分では思い入れのある句や、良句だと思った句でも、参加者が作者の思惑どおりに受け取るとは限りません。逆に自分ではさほどの作品ではないと思っていた句が、高い評価を受けたりすることもあります。また選句には選ぶ側の実力も必要なため、選句眼を鍛える機会にもなります。人の作品を知り、句作の発想や表現について学ぶこともできる句会に、ぜひ積極的に参加してみましょう。

句会参加の準備は？

❶句会の情報を集める

俳句雑誌やインターネットなどで参加できる句会を探して参加を申し込む。

❷俳句を作る

「題詠」と「当季雑詠」のどちらかだけでもいいので、発表するための句を作っておく。

❸会場へ行く

受付をして句会費を払う。自分の句を出句するための用紙や短冊をもらい清記する。

句会に参加して実力を蓄えよう

受付

会場に着いたら、受付で会費を払い、短冊などの出句用紙と選句用紙をもらう。

出句・句会スタート

席に着いたら、出句用紙に自分の句を書いて提出。手分けして清記用紙に書き写す。原句に誤字脱字があっても、そのまま書き写すのが原則。

選句

すべての句が書かれた清記用紙を参加者で回し読みし、句を選んで選句用紙に書いて提出。一人3句の出句なら選句も3句（三句選）、5句なら選句も五句（五句選）と、出句の数に応じて選句する数が決まる。

披講と合評

参加者が選んだ句が読み上げられる。自分で読み上げる場合もある。次に句の批評。参加者が多い句会では指導者だけが批評するが、出席者が各自意見を述べる相互批評（合評）をすることもある。

二次会

句会のあとに喫茶店や飲食店で二次会を行うことも。仲間同士の親睦会でもあり、気楽な雰囲気で意見交換をしたり、指導者からのアドバイスを聞けることもあるので、ぜひ参加したい。

▼仲間づくり

吟行はちょっと楽しい大人の遠足

集合

名所旧跡や庭園、公園など、吟行する場所はさまざま。集合場所には時間厳守で。俳句手帳や筆記道具、歳時記などを持参。みんな集まったら、いざ、散策に出発！

散策

仲間と一緒に歩いても、一人で歩いてもよし。これという題材に出会ったら俳句手帳にこまめにメモを。散策の時間が決まっている場合は、時間内に決められた場所に戻る。

ときには題材を求めて名所旧跡で俳句作り

句会は俳句仲間が集まって室内で行うもの。一方で、屋外に出かけ、さまざまな場所を訪ね、そこで感じたものを俳句に詠むのが「吟行」です。俳句を作るための大人の遠足といえるでしょう。結社などが主催する吟行では、その後に句会が設けられることもあります。また仲間同士の交流をかねて、泊りがけで行うこともあります。

ふつう吟行というと、仲間と一緒に名所旧跡を巡ることが多いのですが、吟行は一人でもできます。自分の家の近くの散歩道や公園、旅先でのちょっとした時間でも、そこで句を詠めばそれは吟行となるのです。吟行は、新たな句の材料を得られることはもちろん、気分転換やリフレッシュにも効果大なのです。

吟行の奥の手はあえて孤独になる

仲間と一緒に吟行に出かけるときには、まずは時間厳守で集合場所へ。その際、句帳や筆記用具のほか、携帯サイズの歳時記があると便利です。自然の多い場所や名所旧跡を歩くことが多いので、歩きやすい服装がいちばん。途中で天候が変わっても慌てないように、折り畳み傘や薄手の上着など、季節や天気に応じた準備をお忘れなく。子どもたちの遠足だと思って準備すればいいのです。

ところで吟行では、みんなが同じ場所を訪ねるので、題材が同じになることが多いでしょう。そんなときの写生のコツは、おしゃべりをしながらでなく、あえて孤独になること。一人で対象をじっくり観察すれば、ほかの人とは違う個性豊かな句ができるはずです。人が詠まない意外性のある句ができるのも、吟行の楽しみのひとつです。

吟行参加の準備は?

●俳句手帳と筆記用具

携帯サイズの歳時記もあるといい。電子辞書も便利だが、落としたり雨に濡らしたりすると壊れる可能性があるため注意が必要。

●動きやすい服装

歩きやすさがポイント。服装はハイキングのときのように、足下はスニーカーがベスト。天候の変化も考えて、上着や帽子、傘なども準備。

●カバンはショルダーかリュック

歩きながらメモをとったりするときに両手が使えるよう、たすきがけができるショルダーバッグかリュックサックがベスト。

句を作る

俳句手帳にメモした原句やフレーズを見ながら、俳句として完成させる。時間内に作句できなければ、あとでまとめてもよい。しっかり推敲するには、散策時のメモが重要になる。

句会・二次会

場所を移して句会を開き、吟行で作った句を発表することもある。親しい仲間うちなら、お酒を飲みながら二次会となることも。これも吟行の楽しみのひとつ。

▼仲間づくり

投句で発表・みんなに見せよう

なかんづく
二月の風の
二月堂
神奈川　谷屋恵美子

NHK全国俳句大会の授賞式。毎年、東京・渋谷のNHKホールで行われる。大賞をはじめ各賞受賞者が壇上に並び、華々しく表彰される。

プロの選が受けられる投句の場はいろいろ

俳句の基礎が身について、句会などでも良句として講評されるようになったら、さらに多くの人に読んでもらえる機会を増やしましょう。俳句の上達のコツは、俳句を作っていることを周囲に公表し、いい句ができたと思ったら誰かに見てもらうことなのです。

いちばん簡単なのは、俳句の公募を行っているところに応募することです。こうした「投句」の場は、新聞や雑誌の俳句コーナー、テレビやラジオの俳句番組、さらに最近ではインターネットでの投稿句会などたくさんあります。

こうした場に定期的に投句することは誰でも簡単にできますし、選者

新聞・雑誌などへの投句の方法

●新聞

全国紙はもとより、ほとんどの地方紙にも俳句コーナーがある。簡単な応募規定はあるが、ハガキに二～三句書くものが多い。

●一般の週刊誌・月刊誌

俳句コーナーを設けているものは多い。俳人だけでなく、多ジャンルの著名人が選者となっているなど、講評のおもしろさにも特徴がある。

●俳句雑誌

俳句の専門誌はたいてい、巻末に応募用のハガキがついているので、それを利用する。

●インターネット句会

俳句団体や結社のホームページで募集している。投句だけなら会員登録しないでできるところもある。

に認められれば雑誌や新聞、またテレビなどで発表されます。選者は著名な俳人などが多いので、そうしたプロの目で批評してもらえれば、力を磨くいい機会になるはずです。何より、自分の句が新聞や雑誌の誌面に載ったときの喜びは得難いものですし、また俳句作りがいっそう楽しくなることでしょう。

　雑誌や新聞への投句に慣れてきたら、力試しのために、全国レベルの俳句大会に応募してみるとよいでしょう。企業や出版社、地方自治体などが主催する俳句大会は、一般から大々的に募集するため、投句される作品も膨大な数に上ります。もしも、その中から自分の句が何かの賞に選ばれたりしたら……。考えただけでもワクワクしますよね。

　こうした全国規模の俳句大会の情報は、俳句雑誌や『公募ガイド』などの雑誌のほか、地方自治体の広報誌などに募集要項が掲載されています。大賞目指して、さまざまな大会に積極的に投句してみましょう。受賞すれば、あなたも本格的な俳人の仲間入りです。

何度も挑戦することで俳句の力が磨かれる

　投句をする際には、投句できる句の数や用紙の書き方、締め切りなど、それぞれの募集要項を守って応募しましょう。作品がよくても、募集要項にはずれていては受賞や掲載のチャンスを逃してしまいます。

　また、一文字一文字、楷書で丁寧に、読みやすく書くのは当たり前のことです。乱暴に書きなぐったような文字や読みにくいくせ字などは、作品の評価以前の問題です。選者が判別に苦労するだけでなく、読み間違えられた結果、選からもれてしまうこともあります。

　こうした投句は、たとえ結果がでなくても、何度でも挑戦してみることです。常連になるくらい何度も投句することが、結果として俳句の実力アップにつながるのです。

俳句総合誌は投句の場だけでなく、俳句のさまざまな情報や知識を得ることができる。

●主な俳句大会・俳句賞

名称	応募方法	投句先・ホームページ
NHK 全国俳句大会	ホームページから投句用紙をダウンロードするか、NHK学園内「NHK全国俳句大会」事務局宛に、規定の投句用紙を請求。自由題2句1組（投句料2,000円）か、自由題2句と題詠1句の3句1組（3,000円）。複数投句も可。	〒186-8001　東京都国立市富士見台2-36-2 NHK学園内「NHK全国俳句大会」係 【HP】http://www.n-gaku.jp/
角川 全国俳句大賞	ホームページから応募フォームに入力、または応募用紙をダウンロードして投句。自由題2句1組（投句料2,000円）、自由題2句と題詠1句（投句料3,000円）。何組でも応募可能。	〒102-0071　東京都千代田区富士見2-13-3 角川学芸出版「角川全国俳句大賞」係 ※封書の表に「角川全国俳句大賞」と明記のこと 【HP】http://www.haiku575.net/
現代俳句 新人賞	B4判400字詰め原稿用紙2枚に、タイトルと30句を書いて応募。氏名や住所などは別の原稿用紙に書く。投句料は1編2,000円。50歳未満の人に限る。	〒101-0021　東京都千代田区外神田6-5-4 偕楽ビル7階　現代俳句協会 ※封筒の表に「新人賞募集作品在中」と朱記のこと 【HP】http://www.gendaihaiku.gr.jp/
伊藤園 お～いお茶 新俳句大賞	ハガキ、FAX（A4）、インターネットのいずれかの方法で、1人6句まで応募可。毎年11月3日に、伊藤園ホームページ等で募集要項を発表。	〒102-8553　東京都千代田区麹町3-7 伊藤園新俳句大賞事務局 【HP】http://www.itoen.co.jp/

▼仲間づくり

結社に所属してレベルアップを

好きな俳人を探して入会 投句で磨きをかける

俳句における結社とは、俳句愛好者の集まりであり、主宰者の作風を好む人たちから成り立っている団体です。結社に参加することは、俳句の師を選び、その師のもとで研鑽を積むということですから、結社は俳句の上達を目指す人たちが集う道場のようなものです。

どの結社も、機関誌を発行したり、句会や吟行を開催したりしています。また、投句を受け付け、誌上で講評していますので、俳句の腕を磨くことができます。

現在、俳句結社は全国に一〇〇〇近くあるといわれ、数十人のところから一万人を超えるところまで、規模はさまざまです。その中から自分が所属したい結社を選ぶには、まず俳句雑誌や新聞を見ることをおすすめします。投句欄で講評を書いている俳人は、結社の主宰者であることが多いからです。

いろいろ見比べ、この人に指導してもらいたいと思える俳人に出会ったら、次にその結社の機関誌を読んでみることです。見本誌は、請求すればたいていの結社で送ってもらえます。そのほか、各結社が年末に発行する「俳句年鑑」にはその団体の理念や活動内容などが掲載されているので、これも参考になります。

最近ではホームページをもっている結社も増えているので、活動内容を画面で比較することもできます。

入会すると、定期的に発行される機関誌を購読することになります（月刊が多いが、まれに季刊、隔月刊もある）。投句して講評をもらいながら、ぜひ俳句作りに励んでください。

・俳句の愛好者の集まり
・俳人としての鍛錬の場
・主宰者（指導者）のもとに弟子が集まる
・「結社誌」を発行する（月刊が多い）
・句会や吟行などを開催する
・全国で八〇〇〜九〇〇程度の結社が存在

全国規模の俳句団体

社団法人 日本伝統俳句協会

（会長：稲畑汀子）

高浜虚子を祖父に持つ稲畑汀子氏が代表のこの結社は、俳句の伝統を正しく継承していこうという趣旨で設立。伝統的なリズムを守る俳句、花鳥諷詠を基礎とした俳句をよりどころに、新しくかつ伝統的な俳句活動を目指している。
昭和62年に発足し、翌年には社団法人として認可された。会員数は約5,000名、全国に9つの支部がある。
毎月10日締切のインターネット俳句では、著名俳人の選が行われ、秀句は選者の講評が受けられる。

連絡先

〒108-0073 東京都港区三田3-4-11 三田3丁目ビル6F
☎03-3454-5191
【HP】http://www.haiku.jp

社団法人 俳人協会

（会長：鷹羽狩行）

俳句文芸の創造的発展とその普及を図り、文化の向上に寄与することを目的に、俳句大会や機関誌の発行、海外との交流など広範囲の活動をしている。
昭和36年設立。初代会長は中村草田男。2代会長は水原秋櫻子。設立時30名だった会員は現在、約1万5000名余、全国に40の支部がある。
協会が運営する俳句文学館は、日本で唯一の俳句文芸専門の図書館。句集5万冊余、俳句雑誌30万冊余を所蔵。誰でも自由に閲覧できる。

連絡先

〒169-8521 東京都新宿区百人町3-28-10
☎03-3367-6621
【HP】http://www.haijinkyokai.jp

国際俳句交流協会

（会長：有馬朗人）

いまや世界の約50カ国、200万人を超える人々が、母国語や英語で俳句を楽しんでいる。このような俳句の国際化に対応するため、海外の俳句愛好家との交流・親睦を目的に、平成元年に設立された団体。俳句文化の紹介や、国際組織との連携、機関誌の発行を中心に幅広い活動をしている。
ホームページには、アメリカ、中国、インド、オーストラリアなど俳句が盛んな国のハイク事情や、英作ハイクの鑑賞なども紹介されている。

連絡先

〒162-0843 東京都新宿区市谷田町2-7 東ビル7F
☎03-5228-9004
【HP】http://www.haiku-hia.com

現代俳句協会

（会長：宮坂静生）

創立メンバーの1人西東三鬼の「新しい俳句とは、現代人により近い感性を詠うこと。いつの時代もその時代人の情感に最も近いところから詠い上ぐべき」という姿勢を、創作活動の根本としている。
創立は昭和22年。終戦後の混乱の時代、苦しいからこそ日々の暮らしに俳句を立てていこうとする気概に満ちた原始会員38名により設立。中村汀女ら女性俳人も活躍した。
会員数は約8000名、全国42の地区組織がある。

連絡先

〒101-0021 東京都千代田区外神田6-5-4 偕楽ビル7F
☎03-3839-8190
【HP】http://www.gendaihaiku.gr.jp/

俳句力があっという間に身につく本書を読んで、「いい俳句」を作りましょう

ベテラン俳人だからといって、俳句について何でも知っているわけではない。多くの場合、俳句の世界の一部分しか知らない。この本は初心者のために書かれたものだが、内容的には、ベテラン俳人が知りたかったこと満載の「俳句のデパート」のような本である。こういう本は、これまでなかったように思う。つまり内容が広く、しかも、深いのである。だから初心者がこの本を熟読すれば、俳句についての知識は、あっという間にベテランを追い抜くことになる。実践的な本だから俳句力も猛スピードで身につくだろう。これ以上自画自賛すると怪しまれるからこのあたりで別の話題にしよう。

俳句は日本全国でおよそ一〇〇〇万人ぐらいが毎日のように作っている。なんとかして「うまい」俳句を作ろうと苦心しているのだが、多くの場合、似たような古くさい俳句である。古くさくなるのは、「うまい俳句」を作ろうとするからである。むずかしい言葉や俳句らしい言葉を引っ張り出してくるからである。

そこで私は「うまい俳句」ではなく「いい俳句」を作りましょう、と言うことにしている。「いい俳句」は、やさしい言葉で作る。誰でも知っている簡単な言葉で作る。ただし、作者が「何を感じたのか、思ったのか」を書く必要がある。そうすると、そのときの作者の精神状態が記録される。すると作品の中に作者の顔が見えてくる。それが「いい俳句」である。

俳句を始めるのに年齢は関係ない。私は五十二歳で俳句を始めた。和歌山市在住の書家・大杉正雄さんは、今年の正月に私に入門して俳句を始めた。九十五歳である。あっという間に上達してしまった。つまり俳句の上達は「きっかけ」と「継続」がすべてである。「運はある。掴む力は運で無し」という諺がある。あなたはこの本を手にしている。よい本に出会ったという「運」があった。だから、その運を「掴む力」が必要なのである。その力はあなたご自身の意欲である。

二〇〇八年九月

八木　健

巻末付録

ミニ歳時記

実作に役立つ季語一覧

菜の花や
月は東に
日は西に

春

立春（二月四日頃）から立夏（五月六日頃）の前日までの三カ月。気候上の春は三・四・五月と、一カ月ほどずれる。

【朝寝　あさね】
春の暖かさから、眠りから覚めてもうつらうつらしてしまう状態。「大朝寝」とも。

【鶯　うぐいす】
ウグイス科の留鳥《りゅうちょう》。二月頃の第一声を「初音」という。別名「匂鳥《においどり》」「春告鳥」。

【薄氷　うすらい】
寒さが戻った春先に、池や水溜りに張る薄い氷。「春氷《はるごおり》」とも。

【梅見　うめみ】
紅や白の梅花を観賞し、その香りを楽しむこと。

【朧　おぼろ】
夜間、空気中の水分が多く、物がかすんで見えること。昼は「霞」。「朧夜」は月が出ている夜。

【風光る　かぜひかる】
晴れた日に風がきらきら輝いているように見える様子。

【蛙　かえる・かわず】
カエル目に属する両生類の総称。冬眠から目覚めると水辺に集まり鳴き立てる。鳴くのは主に雄。

【草餅　くさもち】
搗《つ》く際に、ゆでて刻んだヨモギを入れた餅。ヨモギも春の季語。

【啓蟄　けいちつ】
三月六日頃。地中にこもる虫（蟄）が地上に姿を現す（啓）時期、というのが語源。

【冴返る　さえかえる】
暖かい春に、また寒さがぶり返した様子をあらわす。「冴え」は光・色・空気が澄んでいる状態。「冴ゆ」は寒さを表現する冬の季語。

【桜　さくら】
バラ科サクラ属の総称。春の花といえば桜のこと。観桜の宴は千年以上昔から続いている。

【潮干狩　しおひがり】
潮の満干の差が大きい四月の大潮の日前後に、アサリやハマグリなどを採る遊び。「汐干狩」とも。

【四月馬鹿　しがつばか】
四月一日に限り、いたずらの範囲で嘘をついても許されるという、明治時代に西洋から伝わった風習。エイプリルフール。

【下萌　したもえ】
早春に、草の芽が冬枯れの中から萌え出ること。「下萌」は初春の大地の息吹、「草萌」は草の芽吹きをあらわす。

【しゃぼん玉　しゃぼんだま】
石けん水にストローの先を浸して吹くとできる、虹色の気泡の玉。のどかな様子から春の季語に。

【春愁　しゅんしゅう】
気持ちの華やぐ春に、ふと感じられる憂いのような、つかみどころのない気分のこと。

【春眠　しゅんみん】
中国の孟浩然《もうこうねん》の詩「春眠暁を覚えず……」に由来する季語で、春の眠りの快さをあらわす。

【すみれ（菫）】
スミレ科の多年草の総称。花を横から見ると、大工道具の「墨入れ」に似ているところに由来する。

【卒業　そつぎょう】
一般的に三月に行われる学校行事。類語として「卒業式」「卒業期」「卒業証書」など。

【茶摘　ちゃつみ】
地域によって違いはあるが、四月から五月、八十八夜（立春から数えて五月二日頃）をはさんで続く。「八十八夜」も春の季語。

【チューリップ】
ユリ科の球根植物。四月頃、釣鐘形のかわいらしい花を開く。

【蝶　ちょう】
チョウ目の蛾以外の総称。紋白蝶など小型の蝶を指す。蝶々（てふてふ）とも。揚羽蝶など大型の蝶は「夏の蝶」とされる。

【椿　つばき】
早春から四月にかけて咲く、ツバキ科の常緑高木。一般には、野生の「薮《やぶ》椿」「山椿」をいう。

【燕　つばめ】
スズメ目ツバメ科の渡り鳥。本州中部では三月下旬から四月上旬頃に渡来する。

【土筆　つくし】
三月頃に頭を出す、スギナの地下茎の節から出る胞子茎。筆のような形から「土筆」と表記される。

【踏青　とうせい】
青々とした草を踏んで散策し、春を満喫することを指す。

【雪崩　なだれ】
山腹に積もった雪が、気温上昇によって斜面を滑り落ちる現象。春先に雪崩で雪が消えることから、春の季語とされる。

【入学　にゅうがく】
各学校とも四月上旬に行われる。類語として「新入生」「一年生」「新学期」など。

【長閑　のどか】
穏やかな春の日の、ゆったりとくつろいだ気分をあらわす。

【花冷え　はなびえ】
気候が不安定な、桜の咲く頃を指す。この言葉が使われ始めた京都以外でも、日本全国である現象。

【花見　はなみ】
春の花の象徴である桜の花を観賞し、楽しむこと。庶民の行楽となったのは元禄頃といわれる。

【春の雪　はるのゆき】
春になってから降る雪。降ってもすぐに溶けてしまうものを「淡雪」、雪片が大きく牡丹のように見えるものを「牡丹雪」という。

【日永　ひなが】
昼の時間が長く（俳句では「永」を用いる）なったという、喜びを含んだ気分を表現する季語。

【雛祭　ひなまつり】
三月三日の行事。女子のための「桃の節句」として「雛人形」を飾ることから。

【風船　ふうせん】
日差しが明るくなった春の季語とされる。色とりどりの紙を張り合わせた「紙風船」と、薄いゴムにヘリウムを入れて膨らませた「ゴム風船」とがある。

【ぶらんこ】
中国で流行した「鞦韆《しゅうせん》」「半仙戯《はんせんぎ》」と呼ばれたものが日本に伝わって「ぶらんこ」となった。鞦韆が中国の「春夜」という詩にあったことから春の季語。

【山笑う　やまわらう】
冬の眠りから覚め、明るい緑や花に包まれた、生気あふれる春の山の表情をいう。

【立春　りっしゅん】
二月四日頃。「春立つ」とも。「春来る」「春に入る」は立春で感じる春の気配を表現する。

夏

立夏（五月六日頃）から立秋（八月八日頃）の前日までの三カ月。実際の気象上の夏は、六・七・八月になる。

【秋近し　あきちかし】
涼しい秋を待つ思いが込められた季語。

【紫陽花　あじさい】
ユキノシタ科の落葉低木。六月～七月に、球状に集まって咲く。

【雨蛙　あまがえる】
木の枝や葉の上に止まっている、四センチメートルほどの淡緑色のカエル。雨模様のときに鳴く。

【打水　うちみず】
夏の暑さを和らげるために、庭や玄関先に水を撒くこと。

【団扇　うちわ】
煽いで風を起こし、涼をとる団扇。蝿や蚊を追い払う団扇のことも。

【泳ぎ　およぎ】
海辺やプールで泳ぐこと。主に夏の遊び・スポーツのため夏の季語。

【蚊　か】
ハエ目カ科に属する昆虫。雌のみ血を吸う。夏の夜の眠りを妨げる迷惑な存在。

【風薫る　かぜかおる】
青葉を吹く風が香りを運ぶ、と見立てた、爽やかさを表現した言葉。

【川開　かわびらき】
本来花火とは無関係だが、納涼時期の始まりとしての隅田川の花火大会が知られるため、「川開」といえば花火大会をいう。

【帰省　きせい】
学生や会社員が、夏休みを利用して郷里に帰ること。お盆の時期に合わせることが多い。

【金魚　きんぎょ】
人の手によってフナが選別され、変種が生み出されたもの。日本古来の品種「出目金」「蘭鋳《らんちゅう》」などは「和金」と呼ばれる。

【草いきれ　くさいきれ】
強い日差しに照らされた草むらから立ち上がる、熱気と匂い。

【雲の峰　くものみね】
漢詩からきた言葉で、夏の積乱雲のこと。別称「入道雲」「峰雲」。

【香水　こうすい】
主に、薄着となる夏に臭いを消すために使われるため、夏の季語とされる。

【五月　ごがつ・さつき】
夏が始まる月。「さつき」は旧暦五月のことだが、響きがよいため使われることが多い。

【菖蒲湯　しょうぶゆ】
端午の節句に、菖蒲を浴槽に入れて沸かした風呂のこと。邪気祓いや疫病除けの意味がある。

【新茶　しんちゃ】
その年の茶の新芽を摘んで製造した茶のこと。「走り茶」とも。

【新緑　しんりょく】
新樹の葉の艶《あで》やかな緑をいう。新鮮で明るいイメージがある。

【水中花　すいちゅうか】
紙や薄く削った木を、花や鳥などの形にして圧縮したものを、水が入ったコップやビンに入れ、開かせる仕組みの玩具。水遊びの一種。

【涼し　すずし】
本来の涼しさは秋になって感じるものだが、夏の暑さの中では、少しの涼しさにも敏感になるので、「涼し」は夏の季語とされる。

【短夜　たんや】

昼が長く夜が短い夏の時間を表した言葉。同義に「明易《あけやす》し」。

【梅雨明　つゆあけ】
暦の上では七月十一日頃。実際には、南から順に六月下旬頃から約一カ月かけて梅雨明けする。「入梅」は、暦の上では立春から一三五日目（六月十一日頃）で、この日から三十日間を梅雨とする。

【心太　ところてん】
天草を干したものを煮て、漉してから型に入れて固めたもの。夏の清涼食品。

【土用波　どようなみ】
夏の土用の頃、台風や熱帯低気圧の影響で太平洋沿岸に打ち寄せる高波。

【夏祭り　なつまつり】
夏に行われる祭礼。春と秋の農事に関係する祭礼は、それぞれ「春祭」「秋祭」という。

【夏休み　なつやすみ】
学校・会社・官公庁等で、夏季にとる休暇。

【納涼　のうりょう】
夏の夕方や夜に、涼しい場所を選んで涼をとること。

【初鰹　はつがつお】
初夏、黒潮に乗って沿岸に来るカツオの走り。江戸時代から珍重された。

【花火　はなび】
火薬と配色剤を混ぜたものに火をつけ、夜空に打ち上げたり、地上に這わせたりする火技。

【母の日　ははのひ】
五月第二日曜日で、母の愛に感謝を捧げる日。アメリカの一女性が、亡母を偲んでカーネーションを教会の人たちに配ったのが始まり。

【薔薇　ばら】
バラ科バラ属の低木と蔓《つる》植物の総称。多くは初夏に花を咲かす。

【万緑　ばんりょく】
夏の、見渡す限り緑一色という状態。中村草田男の句で、季語として定着した。

【ビール】
麦芽にホップを加え発酵させた酒。消費量は夏が突出している。

【日傘　ひがさ】
強い日差しを避けるために、主に女性が差す傘。

【向日葵　ひまわり】
メキシコ原産のキク科の一年草。観賞用と油料用があり、油は食用・石けん原料・潤滑油になる。

【日焼　ひやけ】
夏の日光で、皮膚が黒味を帯びること。

【冷奴　ひややっこ】
豆腐に、生姜《しょうが》・葱・花鰹等の薬味を添え、醤油をかけて食べるもの。

【風鈴　ふうりん】
釣鐘の形をした、金属・ガラス・陶磁器等で作られた鈴。軒先に吊るし、音色で涼をとる。

【蛍　ほたる】
ホタル科の虫のうち、尾端に発光部をもつもの。「蛍火」の光は、生殖行為によるもの。

【牡丹　ぼたん】
ボタン科ボタン属の落葉低木。花期は五月頃。別称「富貴草」「深見草」「名取草」。

【麦藁帽子　むぎわらぼうし】
夏の日差しを遮るための帽子。

【山開　やまびらき】
登山が解禁されること。各地で山の神に安全祈願をするための行事が行われる。

秋

立秋（八月八日頃）から立冬（十一月六日頃）の前日まで。気象上は九・十・十一月。情趣に富んだ季節。

【秋の田　あきのた**】**
秋の、たわわに実った稲穂が黄金色に輝く田のこと。

【秋祭　あきまつり**】**
豊作祈願のための「春祭」に対して、農耕の収穫を感謝する祭礼。

【朝寒　あささむ**】**
朝夕の気温が下がる晩秋に用いる、朝の寒さに冬到来の遠くないことを感じさせる言葉。

【天の川　あまのがわ**】**
無数の恒星が帯状に連なったもの。四季を通じて見ることができるが、初秋の「天の川」が最も美しいとされる。「天の河」とも。

【十六夜　いざよい**】**
旧暦八月十六日の夜、あるいは、その夜の月のこと。読みの「いざよい」は、ためらうという意味の「いざよう」から。

【稲妻　いなづま**】**
雷の放電に伴う発光現象。稲の結実に一役買っていると信じられたことから、「稲妻」の語が生まれたとされる。

【稲　いね**】**
イネ科の一年草。世界三大穀物のひとつ。季語としての「稲」は、葉や穂が黄色くなって収穫できるまでになったものをいう。

【稲刈　いねかり**】**
春に籾《もみ》をまき、夏に田植し、秋に穂が出て実ったものを収穫すること。秋の田の代表的風景。

【鰯雲　いわしぐも**】**
正式には巻積雲《けんせきうん》。高空に発生する小さな雲で、まだらな雲が連なっている様子がイワシの群れに似ているため、その名がつけられた。

【運動会　うんどうかい**】**
学校・会社・各種団体で行われるスポーツの行事。スポーツの秋を象徴する催し。

【おくんち】
九月九日、重陽の日を、尊んで「お九日」といったもの。九州などで秋祭りが行われる。

【柿　かき**】**
カキノキ科の落葉高木。食用のほか、調味用・染料用にもされる。食べ物として俳句に詠まれるようになったのは江戸期以降。

【蟷螂　かまきり**】**
カマキリ科の虫の総称。前脚が変形し鎌状になっている。雌は肉食性が強く、交尾後に雄を食べることもある。

【啄木鳥　きつつき**】**
頑丈なくちばしをもち、樹皮や枯れた幹に穴を開け、甲虫類の幼虫を食べる。「木突つき」に由来。

【休暇明　きゅうかあけ**】**
夏季の長い休暇が終わり、新学期が始まること。

【銀杏　ぎんなん**】**
銀杏《いちょう》の種子。秋の深い頃、黄色く熟して落ちる。内種皮の中にある黄緑色の胚乳を食す。

【栗　くり**】**
ブナ科の落葉高木。奈良・平安の時代から食用にされ、戦国時代には兵糧となった。

【鶏頭　けいとう**】**
ヒユ科の春まき一年草。文字どおり、鶏の冠のような花をつける。

【コスモス】
メキシコ原産のキク科の一年草。群生して咲く様子が桜の花に似ているため、「秋桜」とも書く。

【秋刀魚　さんま**】**
太平洋側では、春から夏にかけて北上し、秋に濃密な群れをつくり、親潮に乗って南下する。十月から十一月が盛漁期。

【終戦日　しゅうせんび**】**
八月十五日。昭和二〇年の同日、日本がポツダム宣言を受諾し、第二次世界大戦が終了した。全国各地で戦没者追悼の催しが行われる。

【新米　しんまい**】**
その年に新たに収穫された米。

【台風　たいふう**】**
気象上は、最大風速が毎秒十七メートル以上の熱帯性低気圧。西太平洋上に発生し、八月下旬から九月にかけて日本を直撃する。

【七夕　たなばた**】**
旧暦七月七日の「星祭」のこと。現在は新暦の七月七日か、月遅れの八月七日に行われる。織女《しょくじょ》と牽《けん》牛《ぎゅう》を主人公とする中国の伝説に由来する年中行事。

【月　つき**】**
仲秋の名月に代表されるように、「月」は秋の月を指す。

【露　つゆ**】**
草木の葉、岩石などに、空気中の水蒸気が水滴となって付着する現象。昼夜の寒暖差が大きくなる秋に多く見られる。

【灯篭　とうろう**】**
風よけの火袋や笠がついた灯火具。季語としては、盂蘭盆《うらぼん》に死者を供養するための迎え火や送り火を灯す「盆灯篭」を指す。

【初紅葉　はつもみじ**】**
その年はじめての紅葉。紅葉時期が早いのは、山桜・櫨《はぜ》・白膠木《ぬるで》。

【花野　はなの**】**
秋の、野草の花が一面に咲き乱れる野をいう。秋の寂しさ、哀れさを含んだ季語。

【晩秋　ばんしゅう**】**
秋を三つに分けた最後の一カ月。秋が過ぎ去る寂寥感をあらわす。

【星月夜　ほしづきよ**】**
月は出ていないが、満天の星々が月とは違った明るさで地上を照らしている様子。

【盆の月　ぼんのつき**】**
旧暦七月十五日の満月。祖先を祀る仏事が背景にある季語。

【松茸　まつたけ**】**
担子菌類キシメジ科の茸。特有の香りと歯切れの良さから、食用茸の王者とされる。

【虫　むし**】**
俳句では秋に鳴く虫の総称。主にスズムシ科やキリギリス科の虫。

【桃　もも**】**
バラ科の落葉果樹。野生型の果実は三センチメートルほどしかないが、栽培品種は大型で多汁。

【山粧う　やまよそおう**】**
鮮やかな紅葉に彩られた山の様子をあらわした言葉。

【行く秋　ゆくあき**】**
自然が冬へとたたずまいを変えていく、秋の終わりの頃。秋の名残を惜しむ気持ちや寂寥感が込められている。「逝く秋」とも。

【夜寒　よさむ**】**
晩秋の夜に感じられる肌寒さ。

【夜なべ　よなべ**】**
秋の夜長に行う家事のこと。「なべ」は夜食用の鍋にちなむ。

冬

立冬（十一月六日頃）から立春（二月四日頃）の前日まで。気象上は十二・一・二月。冬は「冷ゆ」が転じた言葉とされる。

【おでん】
「でん」は、豆腐に味噌をつけて焼いて食べる「田楽」から。のちに現在のような多彩な煮込み料理となった。

【牡蠣　かき**】**
イタボガキ科の二枚貝の総称。美味で消化もよく、食べるのは九月から四月まで。とくに厳冬が旬。

【風花　かざはな**】**
晴天に、ひらひらと舞う雪片のこと。遠方の雪が上空の風に乗って飛来する現象。「かぜはな」「かざばな」とも。

【風邪　かぜ**】**
鼻風邪に始まり、流感性感冒に至るまで範囲は広く、くしゃみ・鼻水・咳・喉痛・頭痛・発熱の諸症状を伴う病気の総称。

【空風　からかぜ**】**
山から吹き降ろす乾いた冬の風。「北颪《きたおろし》」とも言い、山の名をつけて呼ぶことが多い。

【枯野　かれの**】**
草が枯れ果てた野。芭蕉の「旅に病んで夢は枯野をかけ廻る」という辞世句がよく知られる。

【寒鴉　かんがらす**】**
食物が乏しい冬に、人家に近寄ってくるカラス。

【毛皮　けがわ**】**
防寒具として利用される、毛の付いたままなめした獣皮。

【炬燵　こたつ**】**
日本独特の暖房装置で、床を切って作る「切炬燵」「堀炬燵」と、移動可能な「置炬燵」とがある。古くは「火燵」。

【小春日　こはるび**】**
「小春」とは旧暦十月の異称で、秋と冬との間に訪れる、温和な春に似た日和。

【寒し　さむし**】**
俳句では、冬の骨身にこたえる寒さをいう。物理的な寒さだけでなく、心理的に感じられる寒さにも使われている。

【三寒四温　さんかんしおん**】**
冬季に起こる、三〜四日ごとに寒くなったり暖かくなったりを繰り返す現象。

【七五三　しちごさん**】**
十一月十五日に、三歳と五歳の男児、三歳と七歳の女児を祝う行事。三歳児の「髪置」、五歳児の「袴着」、七歳児の「帯解」がひとつになったもの。

【霜柱　しもばしら**】**
地中の水分が凍り、地表に出て柱状の結晶となったもの。

【師走　しわす**】**
旧暦十二月の異称。「師走」の由来は諸説あるが、歳の暮が迫った慌しい語感がある。

【水仙　すいせん**】**
ヒガンバナ科の多年草。海岸近くに群生するが、観賞用のほか正月用の花材としても愛用される。

【隙間風　すきまかぜ**】**
かつての木造日本家屋に多くみられた、建物の隙間から吹き込んでくる風。

【雑炊　ぞうすい**】**
残った味噌汁や鍋の出汁に、ご飯と卵などを入れて煮る料理。

【鯛焼　たいやき】
鯛の形をした型に、鶏卵や砂糖を混ぜた小麦粉の溶き汁を流し込み、小豆餡を入れて焼いた菓子。

【焚火　たきび】
戸外で暖をとるため、落葉や廃材を集めて焚く火。

【短日　たんじつ】
昼の時間が短い冬の気候をあらわす。冬至がもっとも日が短い。

【ちゃんちゃんこ】
防寒用の羽織で、袖がないもの。重ね着に向き、動作が楽なため、子どもや老人用の防寒衣料として使われる。

【冷たし　つめたし】
冬の寒さが直接触れて感じられること。大気全体に寒さを感じる「寒し」とは異なる。

【鶴　つる】
ツル科の鳥の総称。十月頃、シベリア方面から渡って来る。

【手袋　てぶくろ】
手や指を寒さから防ぐために用いられるもの。

【年の暮　としのくれ】
十二月の押し迫った頃。すべてが慌しく活気のみなぎる時期。

【葱　ねぎ】
ユリ科の多年野菜。古来、広く栽培される庶民的な野菜のひとつ。

【白菜　はくさい】
アブラナ科の二年生葉菜。明治以降に、冬野菜の代表として普及。

【白鳥　はくちょう】
ガンカモ科の大型の水鳥。伝説や神話では「鵠《くぐい》」といわれる。

【初氷　はつごおり】
その冬はじめて氷が張ること。または張った氷。

【日脚伸ぶ　ひあしのぶ】
冬至を過ぎた頃から、昼の時間が少しずつ長くなってくることを指した言葉。太陽が東から西に移る動きが「日脚」、それが長くなることが「伸ぶ」ということ。

【梟　ふくろう】
フクロウ科の鳥の総称。森林に棲息する留鳥で、夜間、音を立てずに飛んで、虫や小鳥を捕食する。

【蒲団　ふとん】
綿・羽毛・羊毛などを布地で包んだ寝具。防寒の意味から冬の季語とされる。

【冬の蝶　ふゆのちょう】
冬に見かけるチョウのことで、成虫のまま越冬し、弱々しく飛ぶ。何かにとまったまま動かないチョウを「凍蝶《いてちょう》」という。

【冬深し　ふゆふかし】
冬が極まったこと。身に感じるものすべてが冬の盛りという時期。

【毛布　もうふ】
羊毛や化学繊維で作られた防寒用の織物。

【山眠る　やまねむる】
冬山の無彩色の景観や静まり返った様子を指す。中国北栄の画論が出典。

【雪　ゆき】
古来、「雪月花」は詩歌の題材として好まれ、花・月と並んで「雪」は、日本の美の代表。

【雪吊り　ゆきづり】
庭木の枝が雪の重さで折れないよう、支柱から縄や紐などを張って枝を吊り上げること。金沢・兼六園の雪吊りが有名。

【立冬　りっとう】
十一月六日頃。冬を迎える緊張感が感じられる季語。

新年

年が明けた新しい一年の始まり。歳時記では四季とは別に項を立て、新年に関わる事柄をまとめたものが多い。

【恵方詣　えほうもうで】
恵方に当たる社寺に初詣をすること。恵方とは、陰陽道で歳徳神《としとくじん》がいる方角を指し、その年の干支に基づいて決められる吉の方角。

【お年玉　おとしだま】
かつては新年における贈物全般を指したが、現在は、正月に子どもたちに与える小遣いをいう。

【書初め　かきぞめ】
新年にはじめて字や絵を書くことで、書いたものを「吉書《きっしょ》」という。

【数の子　かずのこ】
ニシンの卵巣を乾燥あるいは塩漬けにしたもの。無数の卵粒が子孫繁栄の象徴とされる。

【かるた】
かつて正月に興じられた「歌がるた」「いろは歌留多」のこと。

【元旦　がんたん】
一月一日の朝。「元朝《がんちょう》」とも。

【去年今年　こぞことし】
古い年が去り、新しい年が来るという時の流れを表現した言葉。

【独楽　こま】
糸を巻きつけ、投げながら糸を引っ張って回す玩具。凧揚げと並ぶ正月の男子の遊び。

【参賀　さんが】
一月二日、皇居での皇族に対する一般参賀をいう。古くは「朝賀」。

【正月　しょうがつ】
一月、あるいは新年の諸行事が行われる期間。

【成人の日　せいじんのひ】
一月第二月曜日で国民の祝日。「成人式」は、二十歳になった成人を祝い励ます式。

【宝船　たからぶね】
米俵・宝物・七福神が乗った、帆に宝と書いた船の絵。元日や二日の夜に、枕の下に敷いて寝ると吉夢を見ることができるとされる。

【十日戎　とおかえびす】
各地の戎神社で一月十日前後の三日間にわたって行われる祭礼。

【七草粥　ななくさがゆ】
一月七日に、邪気を払い、万病の予防に食べられる、七種の若菜を入れた粥。「七種粥」とも。

【年賀状　ねんがじょう】
年賀の祝辞を記した書状。「賀状」とも。「賀状書く」は冬の季語。

【初日　はつひ】
元旦の日の出。初日の出を拝む風習は、昔もいまも変わらない。

【初富士　はつふじ】
元日に眺める富士山のこと。正月は大気が澄み切っているため、東京からも富士山がよく見える。

【初詣　はつもうで】
元旦に社寺にお参りすること。歳の神がくる恵方の方角の社寺がよいとされている。

【福寿草　ふくじゅそう】
キンポウゲ科の多年草。春一番に咲く花として喜ばれ、その名がついた。正月の床飾り。

【松過　まつすぎ】
松の内が過ぎたばかりの時期。

【若水　わかみず】
元日の早朝、最初に汲《く》む水のこと。元日の行事の使い水で、口をすすいで身を清めたり、歳神への供物や家族の食物の煮たきに使う。

参考文献

『あなたも俳句名人』鷹羽狩行・西宮舞（共著）日本経済新聞社
『一億人の俳句入門』長谷川櫂（著）講談社
『海外俳句入門　にっぽん丸句ルージング』八木健（著）北溟社
『語りかける季語 ゆるやかな日本』宮坂静生（著）岩波書店
『カラー版　初めての俳句の作り方』石寒太（著）成美堂出版
『現代俳句大事典』稲畑汀子・大岡信・鷹羽狩行（監修）三省堂
『ザ・俳句歳時記』有馬朗人・金子兜太・廣瀬直人（監修）第三書館
『知っ得　俳句創作鑑賞ハンドブック』國文學編集部（編）學燈社
『知っ得　俳句の謎』國文學編集部（編）學燈社
『写真で俳句をはじめよう』如月真菜（著）押山智良（写真）ナツメ社
『狩行俳句入門』鷹羽狩行（著）ふらんす堂
『知らなかった歳時記の謎』竹内均（編）同文書院
『流れゆくものの俳諧――一茶から山頭火まで――』金子兜太（著）朝日ソノラマ
『入門 俳句の表現』藤田湘子（著）角川書店
『俳句実践講義』復本一郎（著）岩波書店
『俳句のツボ』高橋真紀子（著）平凡社
『芭蕉　おくのほそ道』萩原恭男（校注）岩波文庫（岩波書店）
『八木 健のすらすら俳句術』八木健（著）岳陽舎

装　丁　杉原瑞枝
イラスト　石川ともこ
本文デザイン・DTP　有限会社エルグ（小林幸恵）
執筆協力　瀬沼健司、柚原靖子、谷田和夫
撮　影　片桐 圭（P.9〜12・122）、渡邊裕未（P.15・114〜117）
写真提供　NHK学園、大阪市都島区役所、カシオ、角川学芸出版、河出書房新社、
国立国会図書館、財団法人日本近代文学館、三省堂、シャープ、俳句文学館、
松野町教育委員会、山形美術館
俳句提供　愛媛大学「俳句学」受講生、愛媛医療専門大学校「人間と文学」受講生
協　力　NHK文化センター横浜ランドマーク教室、日本文藝家協会
校　正　山口智之
編集制作　アーク・コミュニケーションズ
（滝澤加代、神戸るみ子、関口 剛）

俳句　人生でいちばんいい句が詠める本

監修者　八木《やぎ》　健《けん》
発行者　永田智之
印刷所　大日本印刷株式会社
製本所　小泉製本株式会社

発行所　株式会社主婦と生活社
〒104−8357　東京都中央区京橋３−５−７
電話　03−3563−5121（販売部）
03−3563−5129（編集部）
03−3563−5125（生産部）

ISBN978-4-391-13652-4